Schlinkert: Ein Brief im Baum

W0288103

peb BÜCHEREI

MARTHA SCHLINKERT

# Ein Brief im Baum

engelbert

Neuauflage des 1967 unter dem Titel „Freie Fahrt für Katrin“ erschienenen Buches.

ISBN 3 536 01208 6
1. Auflage 1975
Gesamtausstattung: Ingeborg Haun
© 1975 beim Engelbert-Verlag,
Gebr. Zimmermann GmbH,
5983 Balve/Sauerland, Widukindplatz 2
Nachdruck verboten — Printed in Germany
Satz, Druck und Einband:
Grafischer Betrieb Gebr. Zimmermann GmbH, Balve

# Die Reise mit dem Luftballon

Katrin saß auf dem Bordstein und tippte mit den Zehen ihres rechten Fußes in eine Pfütze, die sich in einem Loch in der Gosse gebildet hatte. Die Sandale stand neben ihr. Katrin liebte es, ohne Strümpfe und Schuhe zu laufen. Tipp-tipp! Tipp-tipp! Immer wieder stieß sie die Zehen in das schmutzige Wasser, und niemand störte sie dabei.

„Hallo, Katrin!“ rief ein kleines Mädchen. „Schau her, was ich habe!“

Katrin hob den Kopf und sah einen roten Luftballon, groß und rund wie der Mond, wenn er tief am Horizont steht. „Oh, Anne, der ist schön!“ rief Katrin bewundernd. „Willst du ihn mir schenken?“

„Um nichts in der Welt!“ Anne schüttelte abwehrend den Kopf. „Du kannst dir selbst einen holen, vom Kaufmann an der Straßenecke. Wenn du für drei Mark einkaufst, gibt er dir einen dazu.“ Anne ging weiter, in der einen Hand den großen roten Luftballon, in der anderen die Einkaufstasche. Katrin starrte ihr nach, aber sie sah nicht die Schulfreundin, sondern nur den roten Luftballon, und sie wünschte sich brennend, ihn zu besitzen. Sie zog den Fuß aus der Pfütze, trocknete ihn mit dem Saum ihres verschossenen Kleidchens und zog die Sandale wieder an. Dann stand sie auf und schlenderte zum Kaufmann an der Straßenecke. Ihre Augen wurden groß und rund, als sie draußen vor dem Geschäft eine ganze Traube roter, gelber, blauer und grüner Ballons entdeckte. Sie waren mit ihren langen Bindfäden an einem Haken in der Mauer befestigt und schwankten im Winde hin und her. Katrin setzte sich auf die unterste Stufe der Treppe, die in den Laden führte. Sie ließ keinen Blick von den hin und her schwankenden Luftballons.

Als eine Kundin den Laden verließ, sah Herr Macke, der Inhaber, Katrin auf der Treppe sitzen. Sofort kam er hinter der Theke hervor. Er stellte sich unter die Tür und rief: „He, Katrin, steh auf und mach, daß du fortkommst! Du versperrst den Kunden den Weg!“ Das kleine Mädchen fuhr in die Höhe.

„Bitte, Herr Macke, darf ich einen Luftballon haben?“ bettelte sie.

„Nur wenn du einkaufst“, sagte er unerbittlich, „und nun heb dich fort und steh hier nicht herum.“

Katrin rührte sich nicht und starrte auf die bunte Traube.

„Na, wird's bald!“ drohte Herr Macke. In diesem Augenblick kam die alte Frau Isken vorbei. Sie blieb einen Augenblick stehen und stützte sich auf den Stock, den sie immer mit sich führte. „Was ist?“ fragte sie den Kaufmann. „Was hat sie getan?“

„Oh, nichts“, antwortete Herr Macke ein wenig verlegen. „Sie will einen von meinen Luftballons. Wenn ich jedem Kind, das einen geschenkt haben möchte, seinen Wunsch erfüllen würde, hätte ich schon seit dem frühen Morgen nicht einen einzigen Ballon mehr.“

„Na, na“, zweifelte Frau Isken. „Komm mit hinein, Katrin, ich werde eine Menge einkaufen, und du sollst mehr als einen Ballon bekommen.“ Katrin hüpfte lachend vor der alten Frau die Stufen zum Laden empor. Sie achtete nicht auf die bösen Blicke, die ihr der Kaufmann zuwarf, sie hatte nur Augen für die roten, blauen, grünen und gelben Ballons, die über der Kasse schwebten. Frau Isken nahm einen der Drahtkörbe. „Komm, Katrin, du kannst ihn tragen“, sagte sie zu dem Mädchen, und Katrin nahm ihn entgegen.

Die alte Frau legte Butter und Zucker und Waschpulver hinein und sogar eine Flasche Rotwein. Der Korb wurde schwerer und schwerer. „So“, sagte Frau Isken endlich befriedigt, „das wär‘s für heute, Herr Macke. Und Katrin bekommt drei Luftballons, einen roten, einen gelben und einen grünen.“ Der Kaufmann wagte nicht zu widersprechen, und er händigte dem Mädchen die Ballons aus. Sie nahm sie strahlend in Empfang. „Vielen, vielen Dank“, stammelte sie glücklich.

„Und nun trägst du mir die Einkaufstasche heim“, befahl Frau Isken, „etwas sollst du für die hübschen Ballons tun.“

Katrin nahm die Tasche, die sehr schwer war. Aber in ihrer Freude empfand sie das gar nicht. Mit der linken Hand hielt sie die Bindfäden umklammert, denn die Ballons strebten in die Höhe. Katrin spürte förmlich, wie sie von ihr weg wollten. „Nein, nein", lachte sie fröhlich, „ich lasse euch nicht los."

„Wie bitte?" fragte Frau Isken.

„Oh, ich habe nur mit den Ballons gesprochen", antwortete Katrin.

„So, mit den Ballons! Wie geht es dem Großvater?"

„Er hat im Winter große Kartons voll Blumen gebastelt, er kann es gar nicht erwarten, daß der Jahrmarkt wieder losgeht."

„Und dich wird er wieder mitnehmen, du Arme?"

„Aber es ist doch herrlich, mit dem Großvater zu reisen. Dann werde ich jeden Tag Luftballons bekommen."

„Du weißt es nicht besser", widersprach die alte Frau. „Nun, da sind wir angelangt. Du kannst mir die Tasche noch ins Haus tragen." Katrin ging mit hinein, stellte die Tasche auf einen Küchenstuhl und huschte hinaus. Sie wechselte ihre bunten Ballons von der linken in die rechte Hand hinüber. Und dann lief sie los, die Straße entlang bis zur Bahnunterführung, hier hindurch, dann ein Stück am Bahnkörper entlang. Wo die Häuser aufhörten, stand auf einem Distelacker ein Wohnwagen. Katrin lief auf ihn zu, kletterte die kleine Treppe hinauf und stieß die Tür auf.

„Großvater! Großvater, schau her, was ich habe!" stieß sie atemlos hervor.

„Oh, Katrin, drei Luftballons, einen roten, einen gelben und einen grünen!“ staunte der alte Mann, der auf dem Sofa saß. Der Tisch vor ihm war mit farbigem Wachspapier und Bindedraht bedeckt.

„Von Frau Isken geschenkt bekommen, alle drei!“ Katrin tanzte in dem engen Raum, zwischen Tür und Tisch, und die Ballons schwebten auf und ab und hin und her. „Herr Macke sah ganz giftig aus, weil sie mich mit in den Laden nahm!“ sang sie. „Ja, sehr giftig und sehr böse.“

Der alte Mann packte Papier und Draht und Werkzeug in einen Karton und schob ihn unter das Sofa. „Wir wollen essen, Katrin“, sagte er.

„Und hinterher erzählst du mir eine Geschichte, Großvater?“ fragte sie begierig. „Eine, die du in dem roten Luftballon siehst?“

„Ja, Katrin, eine, die mir der rote Ballon erzählt.“

Großvater Michaelis strich ein paar Butterbrote, während Katrin Tassen aus dem Wandschrank nahm und den Tisch deckte. „Herr Macke hat eine Menge Luftballons, aber er wollte mir nicht einen schenken“, plauderte sie. „Und er jagte mich weg. Aber da kam zum Glück Frau Isken, du weißt doch, Großvater, die mit den weißen Locken und dem Stock. Sie ist immer so freundlich. Sie hat auch gefragt, wie es dir geht und ob wir bald auf den Jahrmarkt ziehen. Wann geht es denn los, Großvater?“

„Ende der nächsten Woche, meine kleine Katrin, Ende der nächsten Woche reisen wir. Ich kann es schon nicht mehr erwarten. Morgen beginne ich, unseren Wagen zu streichen. Was nehmen wir für eine Farbe, Katrin?"

„Grün, Großvater, grün ist am schönsten!"

„Nun bete, Katrin, damit wir essen können, wir haben genug geschwatzt." Katrin faltete die Hände und betete. Dann aßen sie schweigend, denn Großvater duldete nicht, daß man beim Essen schwatzte.

„Jetzt mußt du erzählen", sagte Katrin, nachdem der Tisch abgeräumt und die Tassen gespült waren. Sie hatte die Luftballons vor dem Essen an den Fenstergriff gebunden. Sie löste den roten und hielt ihn dem Großvater hin, der sich in die Ecke des kleinen schmalen Sofas gekuschelt hatte. Er umfing den Luftballon mit beiden Händen und sah hinein wie in einen Spiegel. Dabei machte er ein geheimnisvolles Gesicht.

„Was erzählt er dir?" flüsterte Katrin atemlos.

„Pst!" machte der Großvater und schaute und schaute. Endlich sagte er: „Ich sehe meine kleine Katrin. Sie hängt an dem Luftballon und schwebt mit ihm zum Himmel hinauf. Es ist Nacht, und tausend Sterne funkeln. ‚Ich möchte zu den Sternen', ruft Katrin dem Ballon zu, ‚hörst du, ich möchte hinauf zu den Sternen! Vielleicht sitzt meine Mama auf einem von ihnen. Ich möchte sie so gern wiedersehen.' Ja, so spricht Katrin, und der Luftballon nähert sich immer mehr einem kleinen Stern. ‚Nun schwing dich zu ihm hinüber', fordert der Luftballon sie auf. ‚Ich kann nicht näher heran, er ist heiß und versengt mich. Dann platze ich und kann dich nicht mehr zur Erde hinunterbringen.‘ Katrin läßt sich bis an das unterste Ende des Bindfadens gleiten. Dann fängt sie an zu schwingen, immer weiter, immer weiter. Fast berührt ihr Fuß den Stern. Sie pendelt noch einmal zurück, dann vor und — sie läßt los und landet auf dem kleinen Stern. Er ist so winzig, daß sie nur mit einem Fuß auf ihm stehen kann, und heiß ist er. Sie trägt keine Strümpfe und keine Schuhe und bereut das sehr, denn sie kann nicht länger auf ihm bleiben, und der Ballon ist fort. Tief unter ihr ist das große Meer. Sie wird hineinfallen und ertrinken. Vielleicht kommt ein Delphin und fängt mich auf seinem Rücken auf, denkt sie. Aber sie fällt nicht, sie schwebt durch die Luft, als hinge sie am Ballon. Sie schwebt an vielen Sternen vorbei, an kleinen und großen, und von einem winkt ihre Mama. Sie trägt ein himmelblaues Nachtgewand aus Seide und winkt und ruft: ‚Hallo, Katrin, wie schön, daß du mich besuchen kommst! Bleib schön brav!“

‚Hallo, Mama, du bist so schön!‘ ruft Katrin bewundernd. Und da ist sie auch schon an dem Stern mit ihrer Mama vorbei. Plötzlich schwebt der Luftballon wieder vor ihr her, und sie greift nach dem Bindfaden. Und nun geht es hinab, immer tiefer und tiefer. In ihren Ohren braust der Wind. Aber sie lacht und hat keine Angst, und als sie mit einem festen Plumps landet, liegt sie genau in ihrer Hängematte.“

„Oh, Großvater, war das eine schöne Geschichte!“ seufzte Katrin glücklich.

„Nun zu Bett, meine Kleine“, sagte Großvater zärtlich und küßte sie auf die Stirn. Katrin kletterte auf den Tisch und löste die Hängematte, die tagsüber unter der Decke befestigt war. Nun baumelte sie herab, und Katrin kletterte hinein. Großvater ließ den roten Luftballon los, und er schwebte unter die Decke.

„Den gelben und den grünen auch!“ bettelte Katrin, und nun hingen alle drei unter der Decke, und Katrin blickte zu ihnen empor. Spielend griff sie nach den Bindfäden. Aber die Bewegung ihrer Hand genügte, um die Ballons entweichen zu lassen, so daß sie sie nicht erhaschen konnte. Katrin schloß glücklich die Augen.

Als der Großvater sich ächzend auf dem Sofa zurechtrückte, schlief seine kleine Enkelin schon. An ihrem Atem hörte er, daß sie träumte. Ja, Katrin träumte wirklich. Alles, was Großvater ihr erzählt hatte, erlebte sie noch einmal. Nur begann ihr Traum ein wenig anders.

Sie hockte bei Kaufmann Macke auf der Ladentreppe und schaute sehnsüchtig zu der Traube der bunten Luftballons empor. Aber Herr Macke trat heraus und jagte sie weg. Da löste sich die ganze Traube von dem Haken und schwebte vor Katrin her, die ängstlich aufgesprungen war. Sie griff nach den zusammengeknoteten Bindfäden und schwebte über Kaufmann Mackes Kopf empor und drehte mit der freien Hand eine lange Nase. Darüber ergrimmte er sehr und schüttelte drohend die Fäuste. Doch Katrin hatte nicht länger Zeit, zu ihm hinabzusehen. Ein paar Vögel flogen jetzt neben ihr her und tirilierten, daß es nur so eine Art hatte. Nach den Sternen hielt sie vergebens Ausschau. Es war noch sehr hell, obwohl die Sonne schon tief unten am Horizont stand. Katrin schwebte höher und höher, und sie dachte schon, daß das Schweben gar nicht mehr enden würde, als es plötzlich dunkelte und die Sterne über ihrem Haupt flimmerten. „Ich will zu meiner Mama", sagte sie zu der Traube Luftballons. Und diese flogen mit ihr zu dem hellsten und schönsten Stern. Darauf saß ihre Mama wieder in dem schönen blauen Nachtgewand und forderte sie auf, sich neben sie zu setzen. Katrin nahm Platz und erzählte ihrer Mama alles, was sie in den letzten Tagen erlebt hatte. Sie hatte ihr ja so unendlich viel zu erzählen. Dabei hielt sie die Luftballons an den Bindfäden in ihrer Hand. „Und morgen streicht Großvater den Wohnwagen, und nächste Woche fahren wir zum Jahrmarkt", strahlte Katrin.

„Gib gut auf dich acht", mahnte die Mutter, „und auch auf Großvater. Es wird im Osten schon hell, und du mußt jetzt wieder zur Erde hinabfliegen. Auf Wiedersehen, meine kleine Katrin!"

Katrin fühlte einen Ruck in der Hand, die die Luftballons hielt. Fast wäre sie von dem Stern heruntergepurzelt. Sie griff mit beiden Händen zu und begann vom Stern herabzuschweben, hinunter zur Erde, wo Großvater auf dem schmalen, knarrenden Sofa schlief. Eine ganze Weile reckte Katrin den Kopf empor zu dem Stern, von dem ihre Mutter herabwinkte. Der Stern wurde blasser und blasser, und bald sah sie ihn gar nicht mehr.

War das nicht die Decke des Wohnwagens? Katrin schaute mit großen Augen zu ihr empor. Dann lachte sie glucksend.

„Was ist, Katrin, was gibt es so früh am Morgen zu lachen?" fragte der Großvater von seinem Sofa her.

„Ach, Großvater, ich habe so wunderbar geträumt. Ich habe alles erlebt, was du mir erzählt hast. Ich saß mit Mama auf dem allerschönsten Stern und erzählte ihr, daß du heute den Wagen streichst."

Großvater Michaelis hob sich ein wenig, um durchs Fenster sehen zu können. „Wahrhaftig, die Sonne scheint. Da will ich mich sputen und mit dem Streichen beginnen", sagte er. Sofort stand er auf und kleidete sich an. Katrin aber griff nach den Luftballons und holte sie zu sich her. Sie sah hinein wie in einen Spiegel, aber sie sah keine Geschichten darin wie der Großvater.

## Der seltsame Hirsch

Großvater Michaelis verschloß sorgfältig die Tür des Wohnwagens, denn böse Buben gibt es überall in den Städten und Dörfern, Buben, die sich nicht scheuen, einem armen alten Mann einen Schabernack zu spielen oder ihm gar etwas zu stehlen. Katrin stapfte neben dem Großvater her über das Distelfeld und durch die Unterführung zur Geschäftsstraße. Beim Anstreichermeister Nagel suchte Großvater die Farbe aus, ein nicht zu dunkles, aber auch nicht zu helles Grün. Der Meister malte mit einem Pinsel Farbproben auf ein Brett.

„Die nehmen wir“, sagte Katrin zum Großvater und zeigte auf einen der breiten Striche, und Großvater Michaelis nickte. In einer Hand trug er den Eimer mit der Vorstrichfarbe, in der anderen die Dose mit dem Lack. Katrin hüpfte neben ihm her und schwang die Pinsel. Anne kam ihnen entgegen.

„Wir streichen unseren Wagen!“ sagte Katrin.

„Darf ich auch helfen, Herr Michaelis?“ fragte Anne begierig.

„Wenn du die Farbe nicht zu dick aufträgst“, antwortete der Großvater.

„Nein, bestimmt nicht, ich werde mir Mühe geben“, versicherte das Mädchen. „Ich will nur eben schnell nach Hause und mir eine Schürze holen.“ Und schon lief sie davon.

RÜN

Herr Michaelis und Katrin begannen eifrig, ihren Pinsel in die Vorstrichfarbe zu tauchen, und malten drauflos. Nicht nur Anne kam, um zu helfen, sondern auch ein paar Buben aus den letzten Häusern in der Nähe des Distelfeldes.

„Farbe scheint man wohl drei Meilen weit zu riechen“, lachte der Großvater und holte ein paar alte Pinsel und verteilte sie an die Buben. „Aber daß ihr mir ja sparsam mit der Farbe umgeht!“ drohte er. „Wer zu viel verschwendet, muß seinen Pinsel zurückgeben.“ Bald waren alle in die Arbeit vertieft. Herr Michaelis hielt die Pfeife zwischen den Zähnen und zog und zog.

„Großvater, du hast die Pfeife gar nicht an!“ rief Katrin einmal.

„Macht nichts, Kind, wenn ich an der Pfeife ziehe, geht die Arbeit besser von den Händen“, antwortete der alte Mann.

Am Abend stand der Wohnwagen vorgestrichen da. „Morgen lassen wir die Farbe noch trocknen, und übermorgen geht es ans Lackieren“, sagte der Großvater. Er ging mit Katrin hinein. Mit Terpentin rieben sie die Farbe von den Händen. Katrin hatte einen dicken Klecks unter der Nase.

„Du hast wieder mit dem Handrücken darunter hergewischt“, schimpfte der Großvater. „Du bist ein Mädchen und wahrhaftig groß genug, ein Taschentuch zu benutzen.“ Er rieb heftig den Fleck unter der Nase.

„Aber wenn ich streiche, kann ich doch nicht erst ein Taschentuch aus der Tasche ziehen“, verteidigte sich Katrin. „Erzählst du nach dem Abendessen eine Geschichte, die du in dem gelben Luftballon siehst, Großvater?“

„Heute bin ich zu müde, mein Kind, heute wird es keine gescheite.“ So wehrte der alte Mann. Doch Katrin ließ ihm keine Ruhe. „Bitte, Großvater, bitte, bitte, du mußt mir eine Geschichte erzählen, sonst kann ich nicht schlafen.“ Und Katrin bekam ihren Willen. Großvater Michaelis sah lange in den gelben Luftballon, den er zwischen seinen müden Händen hielt, ehe er zu erzählen begann.

„Was sehe ich denn da? Der Hirsch ist es von Onkel Masareks Karussell. Und wer sitzt auf seinem Rücken? Die kleine Katrin! Das Karussell dreht und dreht sich, und Katrin lacht. Ihre Haare fliegen im Wind. Aber das Karussell hat aufgehört, sich zu drehen. Was ist denn das? Der Hirsch mit seinem prächtigen Geweih springt von der Plattform, jagt über den Kirmesplatz und auf und davon. ‚Mein schöner Hirsch!‘ jammert Onkel Masarek und ringt die Hände. ‚Ich bin ein ruinierter Mann! Die Katrin ist mit ihm auf und davon!‘ Ja, so jammert er. Die beiden Ausreißer hören ihn gar nicht. Der Hirsch rennt und rennt, und Katrin sitzt auf seinem Rücken wie auf einem Pferd. Sie jubelt und singt, und die Menschen starren hinter den beiden her und sperren vor Staunen Mund und Nase auf. Das gefällt Katrin über die Maßen. Dann ist nur noch die Straße da, und zu beiden Seiten säumen sie Felder und große Wälder. Der Hirsch springt über einen Graben in einen Wald hinein. Katrin hat erschrocken seinen Hals umklammert, weil sie fast von seinem Rücken in den Graben gefallen wäre.

Es ist sehr still in dem Wald, wie in einer Kirche. Der Hirsch bleibt stehen. Da kommen hinter den Baumstämmen viele Tiere hervor, Rehe und Füchse und Hasen und Eichhörnchen und Wildschweine und ich weiß nicht, was für Tiere noch. Alle schließen um den Hirsch einen Kreis und staunen das Mädchen auf seinem Rücken an. Ein wenig klopft Katrins kleines Herz, denn als sie einmal mit Großvater am Waldrand gehalten hatte und an einer Quelle Wasser schöpfen wollte, hatte sie unvermittelt einer Wildschweinmutter gegenübergestanden, die gefährlich grunzte. Vor Schreck hatte sie den Eimer fallen lassen und war geflohen. Als Katrin daran denkt, bittet sie den Hirsch, sie wieder heimzubringen zum Kirmesplatz. Er neigt zustimmend den Kopf mit dem prächtigen Geweih. Alle Tiere weichen zurück und geben den Weg frei, und der Hirsch fliegt so schnell dahin, daß man nicht sehen kann, wie seine Füße den Boden berühren. Und dann steht er wieder auf der Plattform des Karussells, und Katrin wundert sich, weil sie nicht weiß, ob sie alles erlebt oder nur geträumt hat."

Großvater Michaelis sah das kleine Mädchen an,

das ihm mit großen Augen und halb geöffnetem Mund gelauscht hatte.

„Du kannst aber schöne Geschichten erzählen“, sagte es.

„Der Luftballon hat sie mir erzählt, Kleines, und nun leg dich nieder.“ Und wie allabendlich stieg Katrin auf den Tisch und löste die Hängematte, während Großvater sich auf dem schmalen Sofa das Lager bereitete.

„Ich werde wieder auf Onkel Masareks Hirsch reiten“, sagte Katrin, als sie in der Matte lag. „Vielleicht wird er wirklich lebendig und trägt mich zu den Tieren im Wald.“

„Aber, Katrin“, sagte der Großvater mahnend, „du bist doch schon groß genug, um zu wissen, daß ein Karussellhirsch nicht lebendig werden kann.“

„Ich weiß nicht“, zweifelte Katrin und gähnte und schloß die Augen.

In Zukunft werde ich ihr nicht mehr so viel erzählen dürfen, dachte Herr Michaelis besorgt. Katrin wird eine richtige Traumliese und weiß nicht, was wahr und was ein Traum ist. Zur gleichen Zeit dachte Katrin: Morgen soll mir der Großvater eine Geschichte erzählen, die er in dem grünen Ballon sieht. Hach, wie bin ich gespannt! Wäre es nur schon morgen! Sie gähnte dreimal hintereinander, so müde war sie.

Der nächste Tag war ein Sonntag, und Katrin durfte ihr blaues Kleid mit den weißen Punkten anziehen und mit dem Großvater in die Kirche gehen. Hinterher besahen sie aufmerksam den Wohnwagen, um festzustellen, ob auch überall genügend Vorstrichfarbe aufgetragen war. Großvater Michaelis stellte zufrieden fest, daß auch die Kinder gut gearbeitet hatten. „Morgen werde ich ihn lackieren", sagte er.

„Darf ich helfen?" fragte Katrin.

„Aber nein, Kleines, du mußt doch in die Schule gehen."

„Ich kann ruhig einmal fehlen, wenn wir schon nächste Woche abfahren."

„Gerade deshalb darfst du nicht aus der Schule bleiben." Herr Michaelis seufzte. Während der Zeit der Kirmessen und Jahrmärkte lernte Katrin nicht viel. Sie konnte nicht regelmäßig die Schule besuchen, wenn sie von einem Ort zum anderen reisten. Und wo sie sich aufhielten, blieben sie immer nur für wenige Tage. Zwar besuchte Katrin an den Orten die Schule, aber sie hatte viele Lücken, und er selbst hatte zuwenig Zeit, ihr zu helfen. Traurig ließ der alte Mann den Kopf hängen und vergaß ganz, an seiner Pfeife zu ziehen.

„Das Herumzigeunern ist nichts für kleine Mädchen, die in die Schule gehen", sagte er. „Es wäre viel besser, wenn ich dich zu Tante Pauline schickte, Katrin."

„Das darfst du nicht, dann laufe ich weg", antwortete Katrin und machte ein finsteres Gesicht. „Ich werde sehr gut aufpassen in allen Schulen, damit ich mitkomme. Aber du darfst mich nicht fortschicken, Großvater."

„Bei Tante Pauline hättest du deine Ordnung."

„Nirgendwo auf der ganzen Welt ist es so schön wie bei dir im Wohnwagen und auf den Kirmessen", sagte Katrin überzeugt.

Wenn Großvater Michaelis seinen Wohnwagen lackierte, pflegte er sonst immer zu schmunzeln, denn er malte sich aus, wie seine Freunde von den Rummelplätzen ihn bestaunen würden. Ja, sie hatten sogar untereinander Wetten abgeschlossen, welche Farbe sein Wagen haben würde. Aber diesmal ging ihm die Arbeit nicht von der Hand. Er mußte immer darüber nachdenken, daß es unrecht war, Katrin von einer Kirmes zur anderen mitzuschleppen, statt sie wie jedes ordentliche Mädchen täglich in die Schule zu schicken, und sie in einer Hängematte im Wohnwagen schlafen zu lassen statt in einem Bett. Die gute Pauline ist zu streng, schoß es ihm durch den Kopf. Sie wird meine kleine Traumliese nicht verstehen. Sie wird für Essen und saubere Kleidung sorgen, aber sie wird ihr keine Geschichten erzählen, und — Geschichten sind so notwendig wie das tägliche Brot, wenigstens für meine kleine Katrin. Ja, an diesem Morgen seufzte der Großvater noch oft, denn sein Kopf sagte, er müsse Katrin zur Tante Pauline bringen, aber sein Herz antwortete immer, sie solle bleiben, weil sie der strengen Tante davonlaufen würde.

„Hallo, Großvater, warum bist du so traurig?" fragte Katrin, die aus der Schule gekommen war und sich leise herangeschlichen hatte. Herr Michaelis fuhr ihr mit der Hand über den Kopf und sagte: „Es ist nichts, Katrin, es ist schon vorbei. Wie gefällt dir unser Wagen?"

„Prima ist er geworden — wie neu! Na, die Kirmesleute werden staunen. Ob wohl einer von ihnen auf Grün gewettet hat?"

„Wir müssen's abwarten, Katrin. Komm hinein! O je, ich habe heute gar nicht gekocht."

„Macht nichts, Großvater, dann essen wir Butterbrote."

Am Nachmittag spazierte Frau Isken, auf ihren Stock gestützt, vorbei. Großvater Michaelis stand auf der kleinen Treppe, und Katrin saß auf der untersten Stufe.

„Guten Tag, Herr Michaelis", grüßte Frau Isken, „ich sehe, Sie haben den Wagen schon auf Hochglanz gebracht. Es geht also wieder los mit dem Reisen."

„Jawohl, Frau Isken, es geht wieder los!" Großvater Michaelis dehnte die Arme vor Freude.

„Das sage ich Ihnen", fuhr Frau Isken fort, „die Katrin, die gehört nicht auf den Rummelplatz, die muß ihre Ordnung haben und vernünftigen Schulunterricht dazu. Die sollten Sie zu Verwandten geben."

Herr Michaelis runzelte die Brauen. Er suchte in seinen Hosentaschen nach seiner Pfeife und steckte sie in den Mund. Dann brachte er den Tabaksbeutel hervor. Er stülpte ihn um, fand aber nicht einen Krümel, womit er seine Pfeife hätte stopfen können. Trotzdem sog er heftig daran. Das war ein Zeichen großer Erregung. Bis dahin hatte er noch kein Wort hervorgebracht. Dafür schrie Katrin empört: „Ich will bei Großvater bleiben, ich will nicht zu Verwandten! Und die drei Luftballons, die Sie mir geschenkt haben, können Sie wiederhaben! Die will ich nicht, weil Sie böse sind!“ Katrin rannte mit Tränen in den Augen in den Wagen und kam mit den drei Ballons zurück. Diese waren in heftiger Bewegung, weil Katrin wütend an den Schnüren riß.

Frau Isken hatte sich schon einige Schritte entfernt. „Nichts für ungut!“ sagte sie noch, zum Großvater hingewandt. „Nichts für ungut, Herr Michaelis, und gute Fahrt auch und gute Geschäfte!“

Katrin wollte hinter ihr herlaufen, aber sie liebte Luftballons über alles, und darum blieb sie neben dem Großvater stehen und sah der alten Frau nach. „Nichts für ungut!“ rief diese noch einmal zurück, als sie schon ein ganzes Stück weit weg war.

„Aber sie hat ja recht“, murmelte Großvater nachdenklich vor sich hin.

„Nein, nein, das ist nicht wahr. Und ich werde mir jetzt immer Mühe geben und fleißig lernen, damit ich in der Schule mitkomme, glaube es mir, Großvater.“

„Ist schon gut, Katrin“, antwortete der alte Mann. Aber er blieb den ganzen Tag über schweigsam, und als Katrin ihn um eine Gutenachtgeschichte bat und ihm den grünen Ballon hinhielt, wollte er nichts erzählen. Katrin war ein arger Quälgeist, wenn es um die abendliche Geschichte ging. So hielt sie den Luftballon dem Großvater hin und wich nicht von der Stelle. Nach geraumer Zeit nahm ihn der alte Mann in seine Hände, und sie zitterten ein wenig dabei. „Ich sehe ein hübsches kleines Haus. Zum Fenster schaut eine Frau heraus. Sie winkt. Ja, wem denn nur? Ah, da sehe ich ein kleines Mädchen auf der Straße gehen. Nicht möglich — das ist ja meine kleine Katrin. Sie winkt fröhlich zurück und ruft: ‚Auf Wiedersehen, Tante Pauline! Ich bin bald zurück!'"

Heftig entriß Katrin dem Großvater den Luftballon. Sie stampfte sogar mit dem Fuß auf und rief böse: „Die Geschichte will ich nicht hören! Das ist gar keine richtige! Ich will und will sie nicht hören!" Flink zog sie sich aus, löste die Hängematte von der Decke und kletterte schluchzend hinein. Großvater Michaelis hatte kein Wort gesagt, er hatte weder geschimpft noch Katrin ermahnt. Stumm sah er vor sich hin. Dann legte auch er sich auf das Sofa zur Nachtruhe. Nach einer Weile murmelte er: „Gute Nacht! Gute Nacht, mein kleines Mädchen!" Und er dachte: Es wird noch manche schwere Stunde kommen, die dir das Herz abdrückt.

Als Katrin im Morgendämmern die Augen aufschlug, sah sie die drei Luftballons unter der Decke

schwanken. Es war schon viel Gas entwichen, und sie sahen traurig, ja beinahe häßlich aus. Sie knotete mit großer Mühe die Bindfäden auf und blies in jeden Ballon so viel Luft, daß sie prall gefüllt waren. Nur stiegen sie nicht mehr zur Decke empor. Katrin legte sie in die Hängematte, denn es war Zeit aufzustehen und in die Schule zu gehen.

Großvater hatte die Augen noch geschlossen, und Katrin zog sich geräuschlos an, um ihn nicht zu wekken. War er krank? Sie mochte ihn nicht fragen. Sie goß kalte Milch über einen Teller Haferflocken und löffelte den Brei schweigsam. Erst als sie die Tür öffnete, um hinauszugehen, sagte der Großvater: „Auf Wiedersehen, Katrin! Gib gut acht in der Schule!“ Seine Stimme hatte aber nicht fröhlich geklungen.

„Auf Wiedersehen, Großvater!“ antwortete auch Katrin, ohne nur ein bißchen zu lächeln. Aber als sie aus der Schule heimkam, war alles wie sonst. „Ich habe einen Brief von Janos bekommen“, erzählte Großvater gleich, als sie eintrat. „Er holt uns Donnerstag mit seiner alten Zugmaschine ab.“

Das kleine Mädchen sprang dem Großvater um den Hals: „Es geht los! Es geht los!“ jubelte es. Und es lief zu dem Wandschrank, auf dem die Petroleumlampe stand, und befestigte sie mit der Drahtschlinge an der Wand, auch alle Gegenstände, die herunterfallen oder durcheinanderpurzeln konnten, wenn der Wagen über die Landstraßen rumpelte.

## Die Freunde vom Jahrmarkt

„Auf Wiedersehen, Fräulein Hegener!“ Katrin stand vor ihrer jungen Lehrerin und streckte ihr die Hand hin. Ein wenig traurig war sie, denn Großvater überwinterte mit seinem Wohnwagen jedes Jahr auf dem Distelacker in der Stadt, und seit drei Jahren besuchte Katrin in diesen Monaten die Schule in der Gartenstraße. So lange war auch Fräulein Hegener ihre Lehrerin. Als sie Katrin übers Haar strich, umarmte das kleine Mädchen sie.

„Bleib so fröhlich, wie du bist, Kleines, und auf Wiedersehen im Herbst!“

Draußen lief fast die ganze Klasse, Mädel und Buben, wie der Schweif eines Kometen hinter Katrin her.

„Bring mir einen tollen Luftballon mit!“ rief Anne, um sich in dem lauten Durcheinander verständlich zu machen.

„Mir eine extra lange Zuckerstange!“

„Und mir Lakritzen!“

„Wenn ich allen von euch etwas schenken soll, muß ich einen König heiraten!“ lachte Katrin. „Aber geht jetzt heim, ich habe keine Zeit, wir fahren sofort los, wenn ich ankomme!“ Niemand antwortete. Die ganze Meute heftete sich weiter an ihre Fersen. Als sie die Bahnunterführung durchquert hatten, war der Blick auf das Distelfeld frei.

„Die Zugmaschine ist da! Der Janos ist gekommen!“ riefen alle Kinder. Jedes Jahr begleiteten sie Katrins Ausfahrt zur Kirmes mit viel Geschrei.

Katrin begann zu laufen. „Janos! Janos!“ rief sie. Die Tür des Wohnwagens öffnete sich, und mit Großvater Michaelis trat ein schlanker Mann mit schwarzem Haar und einer braunen Lederhaut auf die Plattform. Er winkte und rief und lachte. Katrin flog auf ihn zu. Er fing sie in seinen Händen auf und stemmte sie unter dem Jubelgeschrei der Buben und Mädel hoch. Dann setzte er sie wieder auf die Erde und rief: „Tempo, Tempo, kleine Katrin!“

Katrin schlüpfte in den Wagen. Großvater Michaelis zog die Treppenleiter unter die Plattform, während Janos auf der alten Zugmaschine Platz nahm. Bald begann sie zu ächzen und zu stöhnen, und einer der Buben rief: „Die stinkt aber mächtig!“

„Sie ist auch nur ein altes Brötchen!“ rief ein anderer.

Ein Ruck ging durch den Wohnwagen. Katrin mußte sich am Fenstergriff festhalten. „Großvater, wir fahren! Wir fahren!“ jubelte sie und winkte zum offenen Fenster hinaus. Alle Kinder winkten zurück. Katrin mußte sich aus dem kleinen Fenster hinausbeugen, wenn sie sie noch sehen wollte. Nur ein paar verwegene Buben, gute Läufer, rannten neben dem Wagen her und riefen immer wieder: „Auf Wiedersehen, Katrin, und vergiß uns nicht und komm im Herbst wieder!“

„Ja, ja, ich komme wieder!" schrie sie zurück, und dann war niemand mehr neben dem Wagen. Wohl waren Katrin die Straßen noch bekannt. Bald erreichten sie die offene Landschaft. Katrin war keineswegs traurig, doch als Großvater Michaelis sie mahnte, etwas zu essen, schüttelte sie nur den Kopf. Sie war viel zu aufgeregt, um etwas hinunterzubekommen. Die Bäume und Meilensteine flogen an ihnen vorbei.

„Der Janos fährt wieder wie verrückt!" schmunzelte Großvater Michaelis. „Wir werden heute abend schon an Ort und Stelle sein." Sie fuhren pausenlos durch Dörfer und Städte. Die Sonne sank immer mehr, und als sie gerade schlafen gehen wollte, hielt die Zugmaschine mit einem Ruck.

„Wir sind da!" brüllte Janos draußen. Katrin öffnete die Tür und sprang von der Plattform, ehe noch Großvater Michaelis die Treppe ausziehen konnte.

„Heda, Marie! Marie, hörst du nicht?" brüllte Janos weiter zu einem Wohnwagen hin, der schon auf dem großen Platz stand. Katrin rannte auf diesen Wagen zu. Gemächlich wurde darin die Tür geöffnet, und eine behäbige schwarzhaarige Frau erschien darin: „Schrei nicht so, Janos, ich höre sehr gut!" rief sie. Katrin rannte die kleine Treppe hinauf und umarmte die Frau heftig. „Marie, Marie, ich bin wieder da!" sagte sie dabei.

„Ja, das sehe ich, mein Häschen, und wie es scheint, habt ihr den Winter gut überstanden. Es war sicher manchmal sehr kalt in eurem Wagen."

„O nein, Marie, wir hatten viel Brennholz, altes Bauholz, das uns ein Mann geschenkt hatte, und dadurch hatten wir es schön warm."

„Sieh mal, wer da gerade auffährt", sagte Marie.

„Onkel Masarek! Onkel Masarek!" jubelte Katrin und sauste wie ein Wirbelwind davon. Fritz Masarek war der Besitzer des Kinderkarussells mit dem Hirsch unter vielen anderen Tieren. Er besaß zwei Wagen, einen Wohnwagen und einen mit den Teilen des Karussells. Die Zugmaschine kam zum Stehen, und Herr Masarek holte aus seiner Manteltasche einen zerbrochenen Kamm und brachte sein verwehtes Haar in Ordnung. Er trug eine schwarze Schutzbrille gegen den Staub. Er nahm sie vorsichtig ab. „Donner und Doria, die Katrin läuft mir als erste über den Weg! Wenn das nicht Glück für gute Geschäfte bedeutet. Na, Katrin, wie wird das Wetter?"

„Jeden Tag werden wir Sonnenschein haben, Onkel Masarek."

„Sieht nicht so aus", antwortete der Mann mit einem besorgten Blick zum Himmel.

„Heute darf es ja noch einmal regnen!" lachte Katrin. „Was macht mein Hirsch, Onkel Masarek, hat er noch sein prächtiges Geweih?"

„Aber sicher, Katrin, darauf paßt der alte Masarek immer gut auf. Nun hör bloß auf zu fragen, mir schwirrt sonst der Kopf, und den muß ich klar behalten. Morgen in aller Frühe fangen wir an, das Karussell aufzubauen. — He, August", wandte er sich an einen jungen Burschen, „sag der Mutter, sie soll sich mit dem Essen beeilen, ich bin hungrig."

„Das brauche ich ihr erst gar nicht zu bestellen, sie ist schon dabei, Vater!" Jetzt gewahrte der Junge Katrin.

„Hallo, du Säugling, du bist schon da? Na, dann kann ja auf der Kirmes nichts schiefgehen, wenn unsere Katrin nicht fehlt." Er faßte die Hände des Mädchens und schwenkte es herum, bis ihm die Puste ausging. Katrin taumelte ein wenig, als sie wieder auf ihren Beinen stand, so schwindelig war ihr von dem Wirbeln geworden. Sie kletterte zu Frau Masarek in den Wagen.

„Katrin! Katrin! Setz dich brav hin, ich muß mich beeilen. Die Mannsleute wollen Essen auf dem Tisch sehen." Zum Stillsitzen war Katrin nicht aufgelegt. „Ich komme lieber wieder. Bis nachher, Tante Masarek!" Und schon war sie hinaus. Großvater Michaelis, Janos, Marie, Onkel Masarek und August standen in einer Gruppe beieinander und tauschten Neuigkeiten aus.

„Ihr habt euren Wagen grün gestrichen", sagte August gerade, „und ich habe mit Vater auf Blau getippt, stimmt's, Vater?"

„Und wir beide auf Braun", warf Marie ein, „nicht wahr, Janos?"

Katrin klatschte in die Hände: „Falsch! Alle haben falsch geraten! Oh, Großvater!" Sie hüpfte vor Freude auf einem Bein herum.

Nicht nur für Katrin hatte dieser erste Tag der Begegnung etwas Aufregendes, sondern auch für die Erwachsenen. Als Katrin in ihrem Bett lag, saßen sie noch lange zusammen in Janos' Wohnwagen, der der größte war. Zwar mußten sie zusammenrücken wie die Heringe im Pökelfaß, aber das tat ihrer Freude keinen Abbruch. Sie erzählten, was sie im Winter erlebt hatten, sprachen von ihrer Hoffnung auf ein gutes Sommergeschäft und äußerten sich besorgt über das Wetter, denn die Voraussagen für den Sommer waren nicht günstig. Sie tranken Korn und aßen Schwarzbrot mit Schinken. Es stand außer allem Zweifel, daß die Schießbude den meisten Gewinn abwarf.

Vom frühen Morgen an trafen am nächsten Tag Peter Petersen mit seiner Schiffschaukel, Erwin Nagel mit der Geisterbude, Hanusch Knülle mit der „Dame ohne Unterleib", der „Eiserne Heinrich", die Wahrsagerin Minna Alamba und viele, viele andere ein. Der Platz schwirrte von Rufen und Hämmern, von Musikgedudel und Gelächter. Alle arbeiteten emsig, um für den Festbeginn gerüstet zu sein. Katrin huschte hierhin und dorthin, hielt einen kleinen Plausch oder guckte schweigend zu. Als die „Dame ohne Unterleib" ihr begegnete, heftete sie sich an deren Fersen und bestürmte sie, ihr zu verraten, wie sie wieder zusammenwüchse, nachdem Hanusch sie durchgesägt hätte. Die schöne Ilona schüttelte den Kopf mit den langen schwarzen Locken und schwieg.

Gegen Abend kam Katrins besonderer Freund, Erich Knorke. Er zog einen Handwagen hinter sich her. Darauf hatte er einen Schlafsack, ein paar Kartons und eine kleine Stahlflasche. Von allen Kirmesleuten hatte er das geringste Gepäck. Kaum hatte Katrin ihn erblickt, stürzte sie auf ihn zu. „Onkel Knorke! Onkel Knorke! Wieviel Luftballons bekomme ich von dir?“

„Sieh einer an, die Katrin! Und du frecher Spatz willst, kaum daß du mich erspäht hast, auch schon was geschenkt haben! Ich habe gar keine Luftballons bei mir!“

„Doch! Doch! In den Kartons! Du kannst mich nicht veräppeln. Ich bin doch schon groß und lasse mir nichts mehr vormachen. Siehst du das denn nicht?“

„O ja, sehr groß bist du, wieder einen ganzen Millimeter gewachsen!“ lachte der Mann. „Na, wollen mal schauen, was der Erich Knorke in den Kartons hat.“ Er hob einen Deckel. „Wahrhaftig Luftballons!“

„Du mußt mir ganz viele schenken!“ schrie Katrin entzückt. „Eine ganze Traube!“

„Was? Eine ganze Traube? Wie denkst du dir das? Was soll der arme Erich Knorke verkaufen, wenn er eine ganze Traube Luftballons verschenkt? Einen einzigen bekommst du, und damit basta!“

„Aber jetzt sofort, damit Großvater mir wieder eine Geschichte erzählen kann. Ohne Luftballon geht das nicht. Du weißt doch, alles, was er erzählt, sieht er im Luftballon.“

„Ja, ja, ich weiß, der gute Großvater Michaelis! Na, schweigen wir.“ Der Mann zog das Mundstück eines Luftballons auf die Tülle der Flasche, drehte das Ventil auf und ließ Gas in den Ballon hineinströmen. Katrin schaute gespannt zu, wie er dicker und dicker wurde.

„Halt!“ rief sie aufgeregt. „Er platzt!“

„Aber nicht bei Erich Knorke!“ sagte der Mann. In diesem Augenblick sprang der Ballon mit einem lauten Knall auseinander.

„Na, schön“, sagte der Mann verdutzt, „versuchen wir es mit dem nächsten.“

„Wenn ich halt rufe, mußt du aufhören“, riet Katrin eifrig. Erich Knorke zog einen neuen Ballon auf die Tülle und ließ Gas hineinströmen.

„Haaalt!“ rief Katrin, und diesmal klappte es. Sie nahm den prall gefüllten Luftballon entgegen. „Danke! Vielen Dank!“ jubelte sie und rannte davon.

„Die Katrin! Die ist jetzt so richtig glücklich“, brummelte der Mann. Erich Knorke besaß keine Bude. Er pflegte sich neben Großvater Michaelis‘ Süßwarenstand zu stellen. Süßwaren und Luftballons gehörten seiner Meinung nach zusammen.

Außer Süßwaren verkaufte Herr Michaelis die Blumen, die er den Winter über anfertigte. Und deshalb war es notwendig, sich neben der Schießbude von Janos und Marie aufzubauen, denn — so überlegte er — wer von den Buben und den jungen Leuten beim Schießen kein Glück hatte, der kaufte gern eine Blume, um sie sich anzustecken, damit es so aussah, als ob. Großvater Michaelis kannte seine Pappenheimer. Marie schimpfte natürlich, er verdürbe ihr das Geschäft. Die Burschen gäben das Schießen viel zu schnell auf, wenn sie so billig an eine Blume kommen könnten. Aber sonst vertrugen sie sich prächtig. Marie übernahm es sogar, für Katrin und ihn zu waschen, solange man im Sommer gemeinsam unterwegs war.

Katrin war zum Großvater gelaufen. „Schau her, was ich habe“, sagte sie atemlos, „den schönsten Luftballon von der ganzen Welt. Und jetzt mußt du mir eine Geschichte erzählen. Hier, nimm ihn und schau hinein. Erzähl schon, was siehst du?“

„Ja, was sehe ich?“ sagte Großvater Michaelis. „Ich sehe unseren Freund Erich Knorke. Er füllt einen Luftballon und gibt ihn Katrin zum Halten. ‚Aber ja nicht loslassen‘, sagt er. Einen Ballon nach dem anderen bläst er auf und reicht ihn Katrin. Die Traube über ihrem Kopf wächst und wächst. Es mögen an die hundert sein, als sie plötzlich ruft: ‚Oh, Onkel Knorke, ich kann mich nicht mehr auf den Füßen halten, ich schwebe!‘

Erich Knorke guckt ganz verdutzt drein. Flink dreht er das Ventil der Gasflasche zu und greift nach Katrins Füßen. Aber sie schwebt schon so hoch über seinem Kopf, daß er sie nicht mehr fassen kann. Verzweifelt springt er in die Höhe. Vergebens! ‚Zu Hilfe! Zu Hilfe!‘ brüllt er über den Kirmesplatz. Da kommen sie alle angelaufen, Janos und Marie, Onkel Masarek und August, Hanusch Knülle und Erwin Nagel und selbst die Wahrsagerin Minna Alamba.

‚Das ist ja meine Katrin!' ruft der Großvater. Alle zeigen mit dem Finger in die Luft und rufen. Katrin aber schwebt höher und höher. Sie sieht sie dort unten stehen und muß schrecklich lachen. Die Männer und Frauen sehen aus wie Puppen, schon bald nur noch wie Strichmännchen.

Ein Vogel kommt herbeigeflogen. Er hat einen langen, spitzen Schnabel. ‚Ach, bitte, pick doch in die Luftballons, damit das Gas herausgeht und ich wieder auf der Erde lande', bittet sie ihn. Der Vogel versteht die Menschensprache nicht, und Katrin schwebt immer weiter durch die Luft.

Plötzlich sieht sie unter sich das Meer. Ich fliege sicher bis Afrika, denkt sie. Und wahrhaftig, als das Gas endlich so weit aus den Luftballons gewichen ist, daß sie sie nicht mehr tragen, landet sie in einem Häuptlingskral. Alle Schwarzen kommen schreiend herbeigelaufen. Verwundert betrachten sie das kleine Mädchen, das zaubern und durch die Lüfte fliegen kann. Sie wollen sie zu ihrem Stammeszauberer machen. Aber Katrin lehnt höflich ab. Sie müsse heim zu ihrem Großvater.

In der Nacht bläst sie heimlich alle hundert Luftballons auf. Sie meint, ihre Lunge müßte platzen. Aber sie schafft es, und wenn sie auch kein Gas einfüllen konnte, so tragen die Ballons sie doch. Ein

Windstoß kommt, und als sie erst einmal hoch oben in der Luft schwebt, da geht es schnell vorwärts. Sie sorgt sich sehr, ob die Luft in den Ballons bis heim zum Kirmesplatz reichen wird. Sie konnte sie nicht so fest abbinden wie Onkel Knorke. Als sie über dem Meer schwebt, spürt sie, wie sie nach unten fällt, tiefer und immer tiefer. ‚Hilfe, ich ertrinke!' ruft sie, als sie noch gar nicht mit dem Wasser in Berührung gekommen ist. Und als sie aufsetzt, ist sie glücklicherweise in einem Boot gelandet.

Der Fischer guckt ganz verdutzt, als er das Mädchen mit den Luftballons mitten in seinem Boot sieht. ‚Wo kommst du denn her?' fragt er erstaunt. ‚Vom Himmel!' antwortet Katrin und erzählt ihm ihre Geschichte. ‚Ich muß heim zu meinem Großvater!' jammert sie.

Der Fischer weiß Rat. Er rudert ans Ufer und wandert mit Katrin in die Stadt. Dort kennt er einen Marktplatz, auf dem ein Mann Luftballons verkauft. Er bittet ihn händeringend, Katrins Ballons aufzublasen, damit das arme Kind wieder heimwärts fliegen könne. Katrin lacht über das ganze Gesicht, als alle Ballons gefüllt sind und sie wieder aufwärts schwebt. Genau über dem Kirmesplatz fliegt ein Hubschrauber so dicht über ihr, daß die Ballons von dem Druck platzen und Katrin ziemlich unsanft unten aufsetzt. Alle Kirmesleute kommen herbeigelaufen. ‚Unsere Katrin ist wieder da!' jubeln sie, und der Großvater nimmt seine kleine Enkelin in die Arme und trägt sie in den Wohnwagen und legt sie in die Hängematte. Drei Tage und drei Nächte hat Katrin nach der anstrengenden Luftfahrt geschlafen."

Herr Michaelis schwieg, und Katrin holte tief Luft, ehe sie herausplatzte:

„Das war die schönste Geschichte, die du erfunden hast, Großvater. Bitte, erzähle sie noch einmal!"

Es half kein Bitten und Flehen, der Großvater machte das Abendbrot zurecht, und dann mußte Katrin ins Bett.

Am nächsten Morgen sah es auf dem Kirmesplatz vielversprechend aus. Das Kinderkarussell mit den Tieren aus dem Zoo stand fertig da, wenn auch eine Segeltuchplane den Blick ins Innere noch nicht freigab.

„Wann machst du eine Probefahrt, Onkel Masarek?" fragte Katrin begierig.

„Gegen Mittag, Kleines, und nun störe meine Ruhe nicht, heute nacht komme ich nicht ins Bett."

Katrin trollte sich davon. An der Schiffschaukel arbeitete noch ein junger Mann, den Katrin nicht kannte. Die Bremsvorrichtung wollte nicht klappen.

„Wer bist denn du?" fragte Katrin den Mann.

Er hob sich aus seiner gebückten Stellung, starrte das kleine Mädchen in dem verschossenen Kleid einen Augenblick wütend an und zischte: „Verschwinde!"

Da tauchte Onkel Petersen gerade auf. „He, Milo, diese kleine Dame hast du immer besonders freundlich zu behandeln. Sie ist unser Talisman, nicht wahr, Katrin? Werden wir Glück haben mit dem Wetter, Kleines?"

„Ja! Ja! Ja!" rief Katrin so laut, als könne sie damit das Wetter beschwören. Neben der Schiffschaukel stand ein Kettenkarussell, ein Stück seitwärts eine Bude mit Glückslosen. Katrin blieb stehen und betrachtete entzückt die Teddybären, die Puppen und die großen Bälle.

„Hallo, Lore, bekomme ich ein Gratislos?" fragte Katrin die junge Frau, die noch mit dem Einräumen beschäftigt war.

„Ah, Katrin, guten Morgen. Natürlich bekommst du wie immer ein Los, aber nicht aufmachen, bevor der Rummel losgeht. Heute nachmittag um vier Uhr pünktlich hier sein." Sie gab Katrin ein Los.

„Ist es ein Gewinn?" fragte Katrin aufgeregt.

„Wird nicht verraten!" lachte die junge Frau. „Daß du es ja nicht selbst aufmachst, dann ist es ungültig!"

Es war sehr schwer für das kleine Mädchen, bis zum Nachmittag zu warten. Deshalb brachte sie das Los zum Großvater, und der bewahrte es in seiner Hosentasche auf. Katrin aber lief von einem Stand zum anderen und von einer Bude zur anderen. Überall wurde sie freundlich begrüßt.

Endlich war es Mittag. Katrin ging zu Herrn Masarek. Er schaltete den Motor ein, das Karussell begann sich zu drehen, und die Orgel schmetterte einen Schlager. Katrin sprang auf die Plattform und setzte sich mit Augusts Hilfe auf den Rücken des Hirsches. Immer schneller drehte sich das Karussell. Katrin hielt den Hals des Tieres umklammert und flüsterte ihm zu, wie es ihr in den vergangenen Monaten ergangen war, denn der Hirsch war ihr Freund.

Pünktlich um vier Uhr stand Katrin vor der Bude der Glückslose. Viele Menschen drängten sich hier zusammen. Sie nahmen Lose aus kleinen Eimern und bezahlten hierfür zwanzig Pfennig. Sie rollten das Papier auseinander und machten freudige oder enttäuschte Gesichter, je nachdem, ob sie etwas gewonnen oder eine Niete gezogen hatten. Katrin drängte sich durch die Menschen hindurch und reichte der jungen Frau ihr Los hinauf.

„Hallo! Hallo! Ein erster Gewinn! Und hier, die Kleine hat das Glückslos gezogen! Was möchtest du denn haben, einen Bär oder eine Puppe?“

Katrin lachte glücklich: „Eine Puppe mit einem himmelblauen Kleid!“

Sie konnte es gar nicht glauben, daß die schöne Puppe ihr gehören sollte. Sie drückte sie an sich und lief mit ihr zum Wohnwagen. Sie vergaß alles um sich her und spielte selbstvergessen mit ihr. Nichts hörte sie mehr von dem Lachen und Rufen draußen, nichts von der aufdringlichen Musikdudelei.

## Katrins großer Kummer

Habe ich recht geraten, du möchtest mit Katrin tauschen? Du meinst, sie habe es wunderschön? Im Sommer reist sie mit dem Wohnwagen über Land, sie bekommt Luftballons gratis und darf Karussell fahren, und ein Glückslos gibt es obendrein. Und in die Schule braucht sie im Sommer nicht oft, weil sie fast immer unterwegs ist. Das Wichtigste habe ich noch vergessen: Sie schläft in einer Hängematte, und der Großvater erfindet jeden Tag eine neue Geschichte, in der Katrin die Hauptrolle spielt. Ja, das alles ist gewiß schön. Aber es gibt da auch noch anderes, das weniger schön ist.

Am Montag mußte Katrin früh aus den Federn, weil sie an dem Ort, in dem die Kirmes war, in die Schule gehen sollte. Marie hatte am Abend ihr verschossenes rotes Kleid gewaschen und in Tüchern ausgepreßt und dann trocken gebügelt. „Sie braucht ein neues Kleid“, seufzte Marie dabei, denn das Rot war auf den Schultern von der Sonne ausgezogen, und dadurch sah es fleckig aus. Katrin war gar nicht eitel, sie gab nicht viel um schöne Sachen zum Anziehen. Ein altes Kleid hatte den Vorteil, daß man sich nicht in acht zu nehmen brauchte.

„Auf Wiedersehen, Großvater“, sagte Katrin und griff nach der Büchertasche.

„Bis nachher“, murmelte der Großvater und

drehte sich auf dem Sofa zur Wand, um noch zu schlafen. Er war spät ins Bett gekommen, weil bei dem schönen Wetter sehr viel am Stand zu tun gewesen war, sogar bis in die Nacht hinein. Er hatte sehr viele seiner Blumen verkauft. Mit den Süßigkeiten ging es nicht so gut. Da waren die großen Verkaufsstände, die Herrlichkeiten anboten, bei denen einem das Wasser im Munde zusammenlief, eine große Konkurrenz.

Katrin überquerte den Platz. Überall war es still. Die Kirmesleute schliefen alle noch. Der Betrieb ging erst am Nachmittag wieder los, wenn die Schulkinder wieder daheim waren. Katrin lupfte die Zeltplane des Kinderkarussells. Es war dämmerig darunter. Ihre Augen mußten sich erst daran gewöhnen, ehe sie den Hirsch erspähte. Alle Tiere standen starr und steif da.

„Guten Morgen, Hirsch!" rief Katrin gedämpft. „Heute nachmittag werde ich wieder auf deinem Rücken sitzen und in die Runde fahren. Ich freue mich schon. Aber jetzt muß ich erst in die Schule. Hoffentlich sind ein paar nette Mädel dort."

Katrin ließ die Plane wieder sinken. Sie war nicht ängstlich, und doch schlug ihr Herz, als sie sich dem Schulhof näherte. Manchmal mußte sie herumstehen, ohne daß sich ein Kind erbarmte und sie mitspielen ließ.

Schon von weitem hörte Katrin die Mädchen singen. Sie spielten Kreis.

„Dreht euch nicht um,
der Plumpsack geht herum!
Wer sich umdreht oder lacht,
der kriegt was auf den Buckel geklatscht!“

Katrin beschleunigte ihre Schritte. Sie wollte noch ein wenig mitspielen. Auf dem Schulhof stellte sie ihre Büchertasche an die Mauer, wo auch die anderen ihre Taschen abgestellt hatten. Dann schob sie sich zwischen zwei Mädchen und ging im Kreis herum. Das Mädel, das als Plumpsack herumlief, klatschte mit dem dicken Knoten des Tuches auf Katrins Rücken.

„He, du, was fällt dir denn ein? Wer hat gesagt, du dürftest mitspielen?“

Katrin stieg die Röte ins Gesicht. Der Kreis kam zum Stehen, und die beiden Mädchen, die ihre Hände gefaßt hielten, ließen sie los.

„Sie hat sich einfach zwischen uns gedrängt“, sagte die eine.

„Laßt sie doch mitspielen! Los, weitermachen!“ rief ein Kind.

Aber der Kreis blieb stehen. Alle sahen zu dem Plumpsack hin. Das war ein großes Mädchen, das bei allen Spielen die Anführerin war.

„Nein, faßt sie nicht an, sie soll gehen. Die gehört zu den Kirmesleuten und hat bestimmt Läuse oder Flöhe. Guckt nur, was für ein schäbiges Kleid sie anhat.“

Alle schauten zu Katrin hin.

„Ob mein Kleid schön oder schäbig ist, geht dich gar nichts an“, antwortete Katrin mit flammenden Augen. „Es ist frisch gewaschen und gebügelt, und Läuse oder Flöhe hast höchstens du, aber nicht ich.“

Sie hatte noch nicht einmal ausgesprochen, als das große Mädchen in Katrins Haare griff und sie daran aus dem Kreis zerrte. Katrin schrie auf und grub alle zehn Finger in das Gesicht des Mädchens. Die Kinder bildeten einen Kreis um die beiden Streithähne.

Eine Lehrerin kam mit großen Schritten herbei. Die Kinder machten Platz, damit sie die Kämpfenden trennen konnte.

„Schämt ihr euch nicht, euch wie Vagabunden zu raufen?“ schalt sie. „Du, Ellen, gehst sofort in die Klasse und wartest dort auf mich. Und du? Ach, du gehörst nicht zu uns. Mach, daß du fortkommst!“

Mit Tränen in den Augen wandte Katrin sich ab, holte ihre Büchertasche und ging.

„Sie gehört zu den Kirmesleuten“, erklärte eins der Mädchen.

„Ellen hat gesagt, sie habe Läuse und Flöhe“, erzählte ein anderes. „Sie wollte sie nicht mitspielen lassen.“

Einen Augenblick dachte die Lehrerin nach. Dann sagte sie ärgerlich:

„Man hat nur Ärger mit diesen Kindern.“ Später in der Klasse sagte sie zu Ellen:

„Du wirst dem Mädchen heute nachmittag ausrichten, daß es morgen in die Schule kommen soll, hörst du? Das soll deine Strafe sein. Und du wirst dich nicht mit ihr zanken."

Als die Lehrerin wegguckte, zog Ellen eine Grimasse.

Katrins Augen blieben tränendunkel vor Zorn, als sie zurück zum Kirmesplatz ging. So konnte sie aber unmöglich dem Großvater unter die Augen treten, so zerrauft und verweint. Sie schlich sich zu Onkel Masareks Karussell hin, schlüpfte unter der Zeltplane hindurch und setzte sich auf den Hirsch. Sie umschlang seinen Hals mit ihren Armen und preßte ihr Gesicht daran. Eine Zeitlang blieb sie stumm. Sie weinte still vor sich hin. Sollte sie es August sagen oder Milo? Die würden diese Ellen durchhauen, und das geschähe ihr recht. Aber dann würde der Großvater davon erfahren. Der Polizist aus dem Ort würde kommen und August oder Milo aufschreiben. Nein, sie wollte es lieber für sich behalten. In die Schule wollte sie nicht mehr. Donnerstag würden sie zum nächsten Ort ziehen. Da blieben Dienstag und Mittwoch. An beiden Tagen würde sie frühzeitig aufbrechen und sich in irgendeine Wiese legen und mit Blumen und Schmetterlingen und Käfern spielen.

Onkel Masarek fand Katrin schlafend auf dem Rücken des Hirsches. Eine Hand hatte sie um seinen Hals geschlungen, die andere hing schlaff herab. Er näherte sich auf Zehenspitzen und rief sie leise an.

„He, Katrin, was machst du hier, du Herumtreiberin? Du solltest doch in die Schule gehen!"

Katrin schlug die Augen auf, erkannte Onkel Masarek und schluckte an den aufsteigenden Tränen.

„Die Mädchen wollen mich nicht haben", seufzte sie abgrundtief. „Sie sagen, wir von der Kirmes hätten Läuse und Flöhe."

An Onkel Masareks Stirn schwollen die Schlagadern dick an. Er knirschte mit den Zähnen und stieß hervor: „So eine Bagage!"

„Ich gehe nicht mehr hin — aber das soll der Großvater nicht wissen."

„Du zeigst mir die Anführerin, mit der wird Onkel Masarek deutsch reden!" brummte er. „Sie wird bestimmt heute nachmittag herkommen!"

Katrin versprach es und ging zu Großvaters Wohnwagen hinüber. Er war sehr beschäftigt und sah nicht einmal auf, als Katrin hereinkam. Sie nahm ihren Kamm aus der Schublade und brachte ihr Haar in Ordnung. Den Waschlappen tauchte sie in eine Schüssel und wusch sich. Dann sah sie aufmerksam in den Spiegel. Nein, man konnte keine Spuren ihres Kampfes mit Ellen entdecken.

Großvater schleppte einen Karton mit Blumen zum Stand.

„So, Katrin, paß auf, daß niemand etwas fortnimmt, ich werde jetzt die Kartons mit den Süßwaren bringen. Hoffentlich kommt der Lieferwagen noch, ich brauche Nachschub."

Großvater ging zum Wohnwagen zurück. Katrin unterhielt sich mit Erich Knorke.

„Kannst du mir nicht einen schönen Luftballon schenken, Onkel Knorke?“ fragte sie. „Ich bin heute sehr traurig.“

„Hast du mit dem Großvater Kummer gehabt?“ lachte der Mann.

„Viel schlimmer! In der Schule!“

„Ah, mehr brauchst du mir gar nicht zu sagen. Keiner weiß da so gut Bescheid wie der Erich Knorke.“

Es war nämlich so, daß Herr Knorke zu den Obdachlosen gehörte und im Winter von einem Ort zum anderen zog und in den kostenlosen Unterkünften schlief. Er war ein richtiger Vagabund der Landstraße, er besaß nur, was er auf dem Leibe trug, und dazu den Handwagen mit der Gasflasche. Mit den Mitmenschen hatte er keine guten Erfahrungen gemacht. An den Leuten von den Kirmesbuden hing sein ganzes Herz. Sie waren gut zu ihm und ließen ihn trotz der Enge ihrer Wagen bei Regenwetter darin schlafen. Sie rückten einfach noch mehr zusammen, als sie es ohnehin tun mußten.

„Den allerschönsten Luftballon darfst du dir aussuchen, meine Kleine“, sagte er deshalb zu Katrin.

Sie zeigte mit dem Finger auf einen himmelblauen, der größer war als alle die anderen. Onkel Knorke löste ihn und händigte ihn ihr aus.

„Ist hier keine Bedienung?“ fragte in diesem Augenblick eine Stimme vom Süßwarenstand her. Katrin flitzte die wenigen Schritte zurück hinter den

Tisch. „Was darf es bitte sein?“ wollte sie fragen, aber ihr blieben die Worte im Hals stecken. Vor ihr stand Ellen.

„Ich bekomme eine Waffel zu zwanzig Pfennig“, sagte Ellen gleichgültig, als ob sie sich nicht am Morgen mit Katrin gerauft hätte.

„Nimm dir nur eine!“ antwortete Katrin und nahm das Geld entgegen.

„Morgen kommst du in die Schule, und von mir aus kannst du beim Kreisspiel mitmachen!“ Ellens Stimme klang wie ein Befehl, aber nicht unfreundlich.

„Ja, gern“, sagte Katrin, die jeden Streit schnell vergaß, wenn man ihr die Hand bot.

„Du hast aber einen prima Luftballon, der ist größer als alle anderen“, fuhr Ellen fort.

„Magst du ihn, Ellen? Ich heiße Katrin. Hier, nimm ihn, ich schenke ihn dir!“

„Wirklich?“ Ellen streckte die Hand aus und nahm ihn entgegen. Onkel Knorke, der die beiden Mädchen beobachtet hatte, stieß ein paar grunzende Laute aus.

„Geh jetzt“, sagte Katrin schnell. „Wenn mein Großvater gleich kommt, suche ich dich. Vielleicht darfst du auch mal umsonst Karussell fahren, wenn ich sage, daß du meine Freundin bist.“

„Au ja, prima, ich habe nämlich gestern mein ganzes Taschengeld vernascht.“

Ellen lachte und ging mit dem Luftballon fort.

Katrin sah ihr nach, und es gab ihr einen Stich ins Herz, als sie den Ballon über Ellens Haupt schweben sah. Sie wagte gar nicht, zu Erich Knorke hinzublikken.

„Den Luftballon hatte ich dir geschenkt und nicht der da!“ polterte er los. „Nie mehr werde ich dir einen geben, nicht ohne Geld.“

„Ich will auch keinen“, antwortete Katrin betrübt.

„Sicher war es das Mädchen, das dich heute morgen verstoßen hat“, forschte Erich Knorke, und Katrin nickte.

„Man sollte dir den Po verhauen“, sagte der Mann wütend.

„Aber sie ist jetzt meine Freundin. Sie ist doch gekommen, um mich einzuladen, morgen mitzuspielen. Sie hätte ihre Waffel doch auch an einem anderen Stand kaufen können.“

Das sah Onkel Knorke ein. Aber einen zweiten Luftballon gab er nicht her.

Großvater Michaelis kam, und Katrin durfte gehen. Sie lief über den Kirmesplatz und forschte nach Ellen. An dem dicken blauen Ballon erkannte sie sie.

„Hier bin ich“, sagte Katrin, „laß uns zum Karussell gehen. Du wirst sehen, du darfst mit mir umsonst hinauf.“

Katrin ging eifrig vor Ellen her. Tante Masarek saß an der Kasse, und August setzte die kleinen Kinder auf die Tiere und bediente das Karussell.

„August! Hallo, August!“ rief Katrin. „Darf ich

mit meiner Freundin hinauf, wenn Plätze frei bleiben?“

„Ja“, nickte August. Er hatte alle Hände voll zu tun. Als sich das Karussell langsam in Bewegung setzte, zog Katrin Ellen mit sich auf die Plattform, und sie kletterten auf ein Giraffenpaar, auf dem noch keine Kinder saßen. Sie lachten und plauderten, und Katrin war glücklich, ein Mädchen zur Freundin zu haben, wenn auch nur für ein paar Tage.

Als das Karussell hielt und sie herunterkletterten, hörte Katrin Onkel Masareks Stimme: „Ist die Kröte noch nicht aufgetaucht, Katrin?“

Katrin fuhr herum, wie von einer Biene gestochen: „Es ist alles wieder gut“, sagte sie hastig und schob ihren Arm unter den Ellens und zog sie fort.

„Dürfen wir denn nicht noch einmal fahren, wenn Plätze frei bleiben?“ fragte Ellen enttäuscht.

„Ja, nachher, nicht immer hintereinander!“ antwortete Katrin, und sie schlenderten zusammen über den Platz. Den ganzen Nachmittag über war Katrin sehr glücklich.

## Eine Riesenüberraschung

Der grüne Wohnwagen rollte über die Landstraße. Vorn auf dem Trecker saß Janos und sang aus voller Kehle. Um den Hals hatte er ein großes rotes Tuch gebunden, dessen freie Enden lustig im Winde flatterten.

An dem kleinen Fenster des Wagens stand Katrin, in der linken Hand einen Luftballon, im rechten Arm die Puppe, die sie für das Glückslos bekommen hatte. Mit glänzenden Augen sah sie hinaus. Von den blühenden Apfelbäumen an der Straße und in den Gärten rieselten Blütenblätter in den Staub. Rehe ästen am Waldrand, dort hoppelte ein Hase über ein Feld. Katrin hätte während der Fahrt mit keinem Kind tauschen mögen. Besaß sie nicht das schönste Bilderbuch, und schlug der liebe Gott selbst nicht die Blätter darin um?

Auf dem schmalen Sofa lag Großvater Michaelis. Es ging ihm nicht besonders gut. Er fühlte, daß er krank wurde, und das beunruhigte ihn. Was sollte aus Katrin werden und was aus seinem Süßwarenstand, wenn er nicht mehr aufstehen konnte oder gar ein Krankenhaus aufsuchen mußte? Er wischte sich mit seinem großen Taschentuch den Schweiß von der Stirn. Er schickte ein Stoßgebet zum Himmel.

Der Wohnwagen fuhr in eine kleine Stadt ein. Er rumpelte über das Kopfsteinpflaster der Hauptstraße. Janos brauchte nicht nach dem Weg zu fragen. Jedes Jahr suchten sie dieselben Orte auf, Dörfer und kleine Städte, denen sie mit ihren Buden die Volksfeste verzauberten. Die großen Städte mieden sie. Mit ihren schon etwas schäbigen Ständen konnten sie dort nicht mit ihren reicheren Kollegen wetteifern, er und seine Freunde, die zu einer großen Familie zusammengewachsen waren: Janos und seine Frau Marie mit der Schießbude, Großvater Michaelis mit seinem Süßwarenstand, Erich Knorke, der Vagabund, mit seinem Leiterwägelchen und den Luftballons, Fritz Masarek mit dem Tierkarussell, Peter Petersen mit seiner Schiffschaukel, Erwin Nagel mit der Geisterbude, Hanusch Knülle mit der „Dame ohne Unterleib“, der „Eiserne Heinrich“, die Wahrsagerin Minna Alamba und die anderen alle.

Als der Wohnwagen hielt, schlüpfte Katrin sofort zur Tür hinaus und sprang von der Plattform auf den Erdboden. Es waren schon viele Wagen da. Überall standen Gruppen von Männern zusammen und schwatzten. Marie von der Schießbude rief zu Katrin hinüber: „Heda, Katrin, bring mir eure Wäsche, ich habe noch gute Lauge.“

Katrin schlenderte zum Wohnwagen zurück, wo der Großvater die Treppe heruntergelassen hatte. „Marie will waschen“, sagte sie.

Großvater Michaelis wischte sich mit dem Ärmel den Schweiß von der Stirn.

„Im Kasten unter dem Sofa liegt die Wäsche“,

sagte er, und Katrin ging hinein und kam mit einem Bündel zurück.

„Hallo, Marie, da bin ich!“ rief Katrin und überreichte der Frau das Bündel. „Ich glaube, Großvater ist krank“, erzählte sie, „er muß sich immer den Schweiß von der Stirn wischen, und während der ganzen Fahrt hat er auf seinem Sofa gelegen.“

„Ich werde nachher mit ihm sprechen, wenn die Wäsche auf der Leine hängt. Bleib, Katrin, du kannst die Wäsche spülen, dann geht es schneller.“

„Katrin! Katrin! He, wo steckst du?“ August Masarek schlenderte über den Platz.

Katrin warf die Wäsche in die Wanne mit dem klaren Spülwasser und rief: „Hier! Hier bin ich, bei Tante Marie!“

„Komm mit, ich habe etwas für dich, eine große Überraschung!“

„Wirklich? Oh, Marie, darf ich gehen?“

„Meinetwegen!“ brummte Marie. „Immer müßt ihr mir das Kind wegholen. Wie soll es denn etwas lernen, wenn alle Katrin hier und Katrin dort rufen?“

„Sei doch friedlich, Marie“, lachte August. „Unsere Katrin ist noch viel zu klein, um schon zu arbeiten.“

„Davon hast du keine Ahnung, du Rotznase!“ schalt Marie.

August entfernte sich mit Katrin. Vor dem Karussell blieb er stehen.

„Bück dich und schau unter die Plattform“, befahl er.

Katrin ließ sich auf die Knie nieder und steckte den Kopf durch eine Lücke in der Holztreppe. Zunächst sah sie nichts als einen Ballen Holzwolle. Ich sehe ja nichts, wollte sie schon sagen, da funkelten sie aus der Holzwolle zwei grüne Augen an.

„Eine Katze“, rief sie leise. „Gehört sie dir, August?“

Der Junge hob die Schultern. „Mir nicht. Sie hat heute nacht Junge bekommen. Morgen, wenn der Rummel hier losgeht, muß ich sie wegbringen. Dann zeige ich dir die Kleinen. Wir können eine Kiste unter euren Wohnwagen stellen, was meinst du?“

„Ja, August, ja, ich werde gut achtgeben, daß niemand die Katze stört. Und Milch werde ich ihr hinstellen. Ach, ich freue mich!“

„Lauf jetzt zu Marie zurück, damit sie aufhört zu brummen. Du kannst dich auf mich verlassen, morgen bringe ich die Katze mitsamt den Kleinen zu dir.“

„Werden sie alle mir gehören?“ fragte Katrin.

„Wenn du magst, darfst du sie behalten. Troll dich, ich muß was tun. Der Motor muß nachgesehen und geschmiert werden.“

Katrin rannte zu Marie zurück. „August hat eine Katze mit Jungen entdeckt — unter dem Karussell. Er schenkt sie mir, weil sie dort nicht bleiben kann wegen des Lärms, verstehst du, Marie?“

„Dann wirst du ein Katzenmütterchen. Auf dem Kirmesplatz ist das schlecht. Weißt du, Tiere mögen keinen Lärm.“

„Sie wird sich daran gewöhnen wie ich, meinst du nicht auch, Marie?“

Marie zuckte mit den Schultern. Abwarten! hieß das.

„Hast du nicht eine Schale für Milch, Marie? Sie muß doch jetzt zu trinken haben, die arme Katze.“ Marie holte eine kleine Schüssel, an der der Rand etwas ausgebrochen war, und gab sie Katrin. „Und woher willst du Milch nehmen?“ fragte sie dabei.

„Ich weiß nicht.“ Katrin überlegte. „Es gibt doch hier viele Bauern.“

„Na, dann viel Glück! Wenn dir der erste nichts gibt, versuch's beim zweiten!“

Katrin lief mit ihrer Schale davon. Auf der Herfahrt hatte sie einige Bauernhäuser an der Straße gesehen. Sie fand sehr schnell eins. In der Küche war niemand. Katrin ging ein paar Stufen hinunter und gelangte in eine Futterküche, von der Türen zu den Schweine- und Kuhställen abgingen. Auf Zehenspitzen näherte sie sich der Tür, hinter der sie ein Muhen vernahm. Sie stieß sie mit der Hand auf und ging mutig hinein. Die Kühe wandten ihr den Kopf zu und glotzten sie an.

„Ist da jemand?“ fragte eine Frau, die unter einer der Kühe saß und melkte.

„Ja, ich, die Katrin, hätte gern etwas Milch für meine Katzen.“ Katrins Herz klopfte furchtsam.

„Milch für Katzen! Da bist du vor der falschen Tür. Mach, daß du wegkommst!“

„Wem gehörst du denn?“ fragte die Bäuerin, bei der Katrin danach ihr Glück versuchte.

„Mein Großvater hat einen Stand auf der Kirmes“, antwortete Katrin. „Ich brauche nur sehr wenig Milch. Wissen Sie, die Katze hat heute nacht Junge bekommen. Da kann sie nicht selbst für sie sorgen.“

„Ja, was machen wir da? Die Abendmilch ist genau eingeteilt. Da mußt du schon morgen früh wiederkommen.“

Katrin war den Tränen nahe. So viel Milch hat sie in dem großen Eimer, dachte sie, oh, so viel Milch, aber sie hat mir keinen Tropfen gegeben. Sie ging langsam die Straße hinunter, die Schale mit beiden Händen vor sich her tragend. Nicht nach rechts und nicht nach links guckte sie, sondern auf die leere Schale, in die ihre Tränen fielen.

„He, was ist, warum weinst du, Kleine?“ fragte eine Frau, die unter einer offenen Stalltür stand.

„Keiner gibt mir Milch für meine jungen Katzen!“ schluchzte Katrin.

„Wenn du darum weinst, kannst du deine Tränen wegwischen. Komm herein, ich will unsere Ziege melken. Ich werde dir Milch in deine Schüssel füllen.“

Sofort versiegte Katrins Tränenstrom. Sie folgte der Frau in den kleinen Stall und bewunderte die schneeweiße Ziege.

„Hat sie einen Namen?“ fragte sie.

„O ja, sie heißt Schneider Meck. Gefällt dir der Name?“

„Ich finde ihn lustig“, plauderte Katrin. Und als die Frau ihr die Schale gefüllt hatte, dankte sie freudig und ging. Sie mußte den ganzen Weg über aufpassen, daß sie nichts verschüttete. Endlich kam sie auf dem Kirmesplatz an. Bei dem Karussell kniete sie vor der Lücke in den Treppenstufen, die um die ganze Plattform führten, nieder und schob die Schale vorsichtig in Richtung der Holzwolle. Die Augen der Katze funkelten, und Katrin hörte ein wütendes Fauchen.

„Ich tue dir nichts, ich bringe dir nur Milch“, flüsterte sie, „komm nur, komm, du Süße, dann siehst du es ja.“

Die Katze fauchte weiter und kam auch nicht einen Schritt näher. Da erhob sich Katrin vom Erdboden, fuhr mit den Händen über die schmutzigen Knie und entfernte sich ein wenig. Als sie nach einer Weile wieder den Kopf in die Lücke steckte, sah sie nichts von der Katze, aber die Schale war leer. Da freute sich Katrin über die Maßen.

Großvater Michaelis lag auf dem Sofa, als Katrin in den Wohnwagen kam.

„Du bliebst so lange fort, Katrin. Ich habe nach dir gerufen. Mir geht es nicht gut.“

„Marie wollte nach dir schauen, sie wird sicher noch kommen.“ Katrin holte ihren roten Luftballon. „Bist du zu krank, um mir eine Geschichte zu erzählen, Großvater“, fragte sie zögernd, „nur eine klitzekleine von meiner Katze?“

„Du Quälgeist, du!“ Der Großvater lächelte ein wenig. „Ich will es versuchen.“ Nachdem er eine Weile in den Luftballon geschaut hatte, den Katrin ihm hinhielt, begann er:

„Es war einmal eine schwarze Katze. Die hatte drei niedliche Kinderchen bekommen. Das entdeckte die kleine Katrin und brachte ihr eine Schale süße Milch.

‚Dafür will ich dich belohnen‘, sagte die Katze zu dem Mädchen, ‚denn ich bin keine gewöhnliche Katze, sondern eine Zauberin. Du darfst dir etwas wünschen.‘ Katrin überlegte hin und her. Wie oft hatte sie sich etwas brennend gewünscht, aber jetzt fiel ihr gar nichts ein.

‚Na?‘ drängte die Katze schließlich ungeduldig. ‚Ein so kleines Mädchen wird doch einen Wunsch haben!‘

Katrin hatte den Finger auf die Nasenspitze gelegt und drückte sie platt vor lauter Nachdenken. ‚Ich hab‘s!‘ rief sie. ‚Ich möchte wie eine Katze Mauern hinaufklettern und über Dächer laufen können.‘

Kaum hatte sie ausgesprochen, da war sie in eine Katze verwandelt. Flugs kletterte sie am Rosenspalier eines Hauses hinauf aufs Dach, lief hinüber zum Schorntein, turnte daran hoch und setzte sich obenauf neben das Wettermännchen. Ach, war das herrlich dort oben in schwindelnder Höhe. Katrin konnte fast über das ganze Städtchen blicken. Dazu schien die Sonne warm auf ihr Fell, und sie schnurrte behaglich. Auf einmal kam ein Windstoß. Das Wettermännchen drehte sich ächzend, und Katrin purzelte in den Schornstein hinein. Sie konnte gar nicht so schnell denken, wie sie fiel. Auf einmal hörte sie eine Stimme: ‚O je, o jemine, was polterte eben im Kamin?‘ Eine Klappe öffnete sich dicht neben Katrin, und Licht fiel herein. Katrin sprang heraus mitten in eine Stube. Ruß wirbelte auf, und die Frau, die dort wohnte, jammerte über den Schmutz. Sie wollte die Katze fangen und jagte hinter ihr her. Katrin sah das Oberlicht des Fensters offenstehen, und mit einem kühnen Sprung jagte sie hindurch und fiel draußen in ein frisch umgegrabenes Beet. Ganz verdutzt blieb sie einen Augenblick liegen. Da war die Zauberin-Katze neben ihr.

‚Ich will nicht mehr länger eine Katze sein. Bitte, verwandele mich sofort in meine Menschengestalt zurück, bitte!‘ Die Katze hauchte Katrin an, und da stand sie wieder auf zwei Beinen da. Nun, als sie den Schreck überwunden hatte, mußte sie über ihr Abenteuer schrecklich lachen.“

Die Tür des Wohnwagens öffnete sich, und Marie schaute herein.

„Natürlich! Ich dachte es mir schon: Krank sein, aber dennoch Geschichten erzählen. Habt ihr denn beide den Verstand verloren?“

Sie ging zum Großvater hin und fühlte ihm den Puls. „Wo hast du Schmerzen, Großvater Michaelis?“ fragte sie besorgt.

„Schmerzen? In den Rippen, Marie! Es ist eine Erkältung. Wenn ich sie auskurieren könnte, hätte ich sie in drei Tagen weg."

„Katrin wird dich am Stand ablösen, so gut sie kann. Ich werde mich um sie kümmern, und du bleibst morgen fest liegen", befahl Marie in ihrem barschen Ton. „Du scheinst auch Fieber zu haben. Hier sind Grippetabletten, versuche es heute nacht damit. Und du, Katrin, ziehst dich flink aus und legst dich hin. Wenn es heute nacht mit dem Großvater schlimmer wird, rufst du mich. Mach nicht solch ängstliches Gesicht. An einer Erkältung stirbt man nicht gleich."

Marie goß Tee auf, während Katrin sich flink auszog und in ihre Hängematte kletterte. Sie preßte ihre Puppe an sich, weil sie traurig war. Nicht einmal der Gedanke, daß August ihr am Morgen die Katze mit den Jungen bringen würde, konnte sie darüber hinwegtrösten, daß Großvater krank war. „Mach ihn schnell wieder gesund, lieber Gott, bitte!" betete sie. Sie hörte Marie hin und her gehen und flüstern und später die Tür des Wohnwagens zuschlagen. Dann schlief Katrin trotz ihres Kummers tief und fest.

## Katzenwirtschaft

Als Katrin die Augen aufschlug, fiel ihr sofort ein, daß August die Katze mit den Jungen bringen wollte. Sie krallte die Finger in die Handflächen, um nicht laut zu jubeln, denn Großvater war krank. Das kleine Mädchen streckte den Kopf über den Rand der Hängematte und warf einen Blick auf den alten Mann.

„Guten Morgen, Kleines!“ Großvater blinzelte vergnügt.

„Bist du denn wieder gesund?“ fragte Katrin verwundert.

„Danke, es geht mir viel besser, der Schmerz in den Rippen hat nachgelassen. Ich will aufstehen und uns Kaffee kochen.“

„Bitte, nein, bleib liegen, ich bringe dir eine Tasse ans Bett.“

Eifrig kletterte Katrin aus der Hängematte, befestigte sie unter der Decke und zog sich an. Da klopfte es, und Marie kam herein.

„Na, wie geht es dir, Großvater Michaelis? Du schaust besser aus als gestern abend. Da hast du mir einen schönen Schreck eingejagt.“

„Ich kann gut wieder aufstehen“, sagte Herr Michaelis. „Es ist nichts von Bedeutung.“

„Nichts da, du bleibst liegen. Janos baut deinen Stand auf, und ich werde verkaufen. Katrin ruft mich, wenn Kunden kommen. Sie wird den Stand beaufsichtigen, wenn nichts zu tun ist. Bist du einverstanden?"

Herr Michaelis hatte sich aufrecht gesetzt. Er überlegte, daß Maries Vorschlag gut war. Die Schmerzen in den Rippen wollten ihm nicht gefallen. Wenn nur nicht das Rippenfell entzündet war. Er schlürfte langsam und behaglich den heißen Kaffee, den Marie ihm reichte, und aß Zwieback dazu. Katrin stand am Fenster.

„Da kommt August mit den Kätzchen", sagte sie, „und ich habe noch keine Milch für sie geholt." Sie sah den Großvater fragend an.

„Lauf nur, ich brauche jetzt nichts mehr und werde mich wieder hinlegen. Lauf nur, Kind!"

Marie ging mit Katrin hinaus. „Heute vormittag kannst du tun, was du willst, aber heute nachmittag fängt der Kirmestrubel an, da brauche ich dich, hörst du?"

„Ja, Marie!" Katrin stürmte August entgegen.

„Die alte Katze kratzt ganz schön, sieh mal den langen Kratzer auf meiner rechten Hand." August schleppte die Kiste unter den Wohnwagen. „Versuch ja nicht, die Kleinen zu streicheln oder gar herauszuheben. Die Alte springt dir ins Gesicht", warnte er noch.

„Ich gehe jetzt Milch holen", sagte Katrin. „Vielen Dank, August! Und sie gehören bestimmt mir, alle die Katzen?"

„Aber ja, doch. Es holt sie dir keiner weg. Niemand will Katzen haben, von uns Kirmesleuten niemand, meine ich. Höchstens der Minna Alamba kannst du eine schenken. Die kann sie sich auf ihre Schulter setzen. Katzenfell ist gut gegen Rheumatismus, und sie hat es stark in der rechten Schulter. Das würde sich gut machen für eine Wahrsagerin, eine Katze auf der Schulter und eine große Brille auf der Nase!" August lachte, daß es ihn schüttelte.

„Ich will sie alle behalten", erklärte Katrin. „Wenn sie größer sind, können sie Mäuse fangen und sich selbst ernähren."

„Von mir aus", antwortete August und ging. Katrin lief hinter ihm her. „Ich habe die Schale gestern unter dem Karussell stehen lassen, die will ich mir holen."

August fischte die Schale unter dem Karussell hervor und gab sie Katrin. Das Kind lief zu der freundlichen Frau, die ihr am Vortag Ziegenmilch gegeben hatte. Die Stalltür war zu, und niemand war zu sehen. Katrin setzte sich auf die Haustreppe und wartete eine Weile. Sie hätte gern angeschellt, fand aber nicht den Mut dazu.

„Ach, du Armes, hast du die ganze Zeit auf mich gewartet?" fragte plötzlich eine Stimme neben Katrin. Sie war wahrhaftig ein wenig eingenickt und schreckte jetzt hoch.

„Darf ich noch einmal Milch haben?" fragte sie schüchtern.

„Ja, natürlich, komm nur mit herein. Ich melke schon sehr früh. Die Milch steht jetzt in der Küche.“

Katrin folgte der Frau ins Haus. Es war eine hübsche Küche mit einem elektrischen Herd und einem Kühlschrank und einer vollautomatischen Waschmaschine, wie die junge Frau ihr erklärte. Alles war blitzsauber. Katrin, das Mädchen aus dem Wohnwagen, kam aus dem Staunen nicht heraus. Ehe sie ging, mußte sie eine Tasse Milch trinken und ein Wurstbrot essen.

„Morgen darfst du wiederkommen, jeden Tag, solange ihr hier seid“, sagte die freundliche Frau.

Katrin mochte sie gern, und deshalb streckte sie ihr die Hand hin. „Vielen, vielen Dank“, stammelte sie.

Die Katze sprang sofort aus der Kiste, als Katrin die Schale mit der Milch auf den Boden setzte. Jetzt konnte Katrin einen Blick auf die Kleinen werfen. Ach, wie waren sie winzig! Zwei hatten ein schwarzes Fell und eine ein grauweißes. Sie hatten die Augen geschlossen und nuckelten mit den klitzekleinen Mäulchen. Sie haben Durst, die Süßen, dachte Katrin, und sie war sehr glücklich, daß sie für sie sorgen durfte. Die alte Katze sprang in die Kiste zurück, und die Kleinen drängten sich an sie. Katrin setzte sich auf den Boden, zog die Knie an und stützte das Kinn darauf. Lange beobachtete sie die Tierchen in der Kiste. Sie schliefen und regten sich nicht. Wenn sie größer sind, werde ich mit ihnen spielen, dachte Ka-

trin. Aber jetzt kann ich ihnen schon hübsche Namen aussuchen. Die beiden schwarzen nenne ich Plüsch und Plumm, die graue Fellchen. Und wenn Großvater gesund ist, muß er mir von den dreien eine Geschichte erzählen. Ich könnte jetzt einmal nachsehen, ob Onkel Knorke mit seinem Handwagen noch nicht da ist. Er muß mir neues Gas in meinen Luftballon füllen, er steigt gar nicht mehr hoch.

Katrin kletterte in den Wohnwagen. Großvater lag mit offenen Augen auf dem Sofa.

„Am liebsten möchte ich aufstehen und etwas tun“, sagte er zu Katrin.

„Bloß nicht“, antwortete das kleine Mädchen, „sonst wirst du noch schlimmer krank. Ich kann schon ganz gut auf unseren Stand aufpassen. Wenn große Leute kommen, rufe ich sofort Marie. Aber wenn ein kleiner Junge oder ein kleines Mädchen für fünf Pfennig Lakritzen kaufen wollen, bediene ich sie selbst.“

Katrin hatte dem Großvater schon oft geholfen, wenn sich die Kinder vor seinem Stand gedrängt hatten. Sogar Geld konnte sie schon richtig wechseln und herausgeben. „Das darf ich doch, Großvater?“ setzte sie hinzu und sah ihn gespannt an.

„Aber nicht, wenn größere Jungen kommen. Du weißt, sie suchen gern Streit oder wollen dich übertölpeln. Da rufst du besser Marie.“

„Ich werde jetzt nachsehen, ob sie unseren Stand schon aufgebaut haben. Auch wollte ich Onkel Knorke bitten, daß er mir Gas in meinen Luftballon füllt. Sieh nur, wie traurig er aussieht.“ Sie nahm den Luftballon in beide Hände. „Er hat lauter Runzeln.“ Katrin lief davon.

Janos war gerade dabei, den Süßwarenstand herzurichten. Über zwei Holzböcke legte er die Tischplatte. An ihren vier Ecken waren Eisenstäbe angeschraubt für das Dach aus Zeltleinwand. Im Nu war Janos mit der Arbeit fertig.

„Da kommt Onkel Knorke!“ rief Katrin und rannte auf die Straße, wo Erich Knorke mit seinem Leiterwägelchen zu sehen war. „Guten Tag, Onkel Knorke, du mußt mir meinen Luftballon neu füllen, er ist ganz schlapp“, lachte Katrin.

„Du wirst mir sicher erlauben, daß ich erst ein paar Minuten verschnaufe. Ich bin schon dreißig Kilometer auf der Landstraße getippelt.“

Er zog seinen Handwagen auf den Platz und setzte sich darauf, um auszuruhen.

„Ich habe eine Katze mit drei Jungen“, erzählte Katrin aufgeregt. „Sie wohnen in einer Kiste unter unserem Wohnwagen.“

„Paß auf, wenn der Rummel heute nachmittag hier losgeht, sucht sich die Alte ein neues Quartier. Katzen sind verdammt empfindlich gegen Lärm.“

„Nein, nein“, wehrte Katrin ängstlich ab, „du machst ja nur Spaß, das ist nicht wahr.“

„Nee, Mädchen, im Ernst, du wirst es erleben. Aber zeig deinen Luftballon her, ich werde ihn jetzt wieder jung und schön machen.“

Ächzend erhob sich Erich Knorke und ließ aus der Flasche Gas in den Ballon strömen.

„Vielen Dank, Onkel Knorke, jetzt ist er wieder wie neu“, lachte Katrin.

Sie ging zum Wohnwagen zurück. Die Katze saß

mit den Jungen in der Kiste und leckte ihnen das Fell glatt.

„Wirst du mir nicht weglaufen?“ flüsterte Katrin fragend. „Ich habe doch keine Zeit, auf dich aufzupassen, weil ich für Großvater den Stand versorgen muß. Bitte, das darfst du nicht tun. Ich wäre furchtbar traurig.“

Am Nachmittag stellte Katrin mit Maries Hilfe die Kästen mit den Süßwaren fein säuberlich auf den Tisch des Standes. Ein paar neugierige Kinder schauten zu. Und sie waren auch die ersten Käufer.

„Gib mir eine Zuckerstange“, verlangte ein Junge.

„Bitte sehr“, sagte Katrin und nahm einen Groschen in Empfang. Marie sah eine Weile lächelnd zu.

„Einen Mohrenkopf bitte“, wünschte ein Mädchen, und Katrin händigte ihn ihr aus. Marie kehrte in die Schießbude zurück, wo ein paar Schuljungen ihr Glück versuchen wollten.

Um drei Uhr ging der Kirmesbetrieb los. Zuerst setzte die Musik ein: Schlager, die von Lautsprechern über den Platz geschrien wurden. Die Karussells begannen sich zu drehen. Die Besitzer der Buden priesen ihre Waren an. Auch Katrin rief mit ihrer dünnen Stimme:

„Hier gibt es leckeere Sachen für groß und klein. Immer nur herbei, ihr Leute!“

Die Worte hatte sie sich selbst ausgedacht, und sie war sehr stolz darauf. Marie beugte sich über den Tisch der Schießbude und lächelte Katrin zu. Auch

Onkel Knorke, der mit seiner Traube Luftballons neben Katrin stand, meinte anerkennend: „Bravo, Katrin, du wirst einmal eine tüchtige Verkäuferin!"

Ein wenig neidisch sah sie zu den beiden großen Süßwarenbuden hinüber, die von bunten Herrlichkeiten überquollen. Wenn wir ganz viel Geld verdienen, wird Großvater auch einen so großartigen Stand haben, dachte sie. Und sie rief weiter:

„Immer nur herbei, ihr Leute!"

Manche blieben lächelnd stehen, als sie die kleine Katrin hinter dem Tisch rufen hörten, und sie kauften auch.

Katrin war eine Zeitlang so abgelenkt gewesen, daß sie die Katzen ganz vergessen hatte. Jetzt fielen sie ihr wieder ein, und sie überlegte ängstlich, ob die Alte wohl vor dem Lärm geflohen sei. „Marie! Marie!" rief sie.

Aber in diesem Augenblick kam ein junger Bursche von der Schießbude herüber. Er hatte beim Schießen kein Glück gehabt und blieb jetzt vor Katrin stehen.

„He, Kleine, gib mir mal 'ne hübsche Blume fürs Knopfloch!" sagte er und reichte ihr eine Mark.

Katrin legte das Geld auf den Tischrand und suchte eine Blume heraus und reichte sie dem jungen Mann.

„Ich bekomme noch Geld wieder, ich habe dir zehn Mark gegeben", sagte er, als er sie entgegennahm.

„Aber doch nicht zehn Mark!" empörte sich Katrin und errötete vor Zorn bis unter die Haarwurzeln.

„Doch nicht zehn Mark!“ wiederholte sie und wußte nicht gleich, wo sie das Geldstück hingelegt hatte.

„Genau zehn Mark“, behauptete der Bursche, „los, gib schon das Wechselgeld heraus!“

Marie hatte, als Katrin sie gerufen hatte, sich weit über den Tisch gebeugt, um zu sehen, was das Kind von ihr wollte. Sie wurde Zeugin der ganzen Szene, griff aber nicht sofort ein, um zu sehen, ob Katrin sich zu helfen wußte. Nun sah sie, daß das Mädchen zu weinen anfing.

„Mal langsam, junger Mann, ich schaue schon die ganze Zeit zu. Schämen Sie sich nicht, ein Kind ausbeuten zu wollen?“

„Halten Sie den Mund! Ich habe der Kleinen zehn Mark gegeben, und ich verlange das Wechselgeld.“

Erich Knorke schob sich heran.

„Lassen Sie die Mätzchen, junger Mann. Die Kleine hat die Mark hier auf den Tischrand gelegt, und da liegt sie noch. Katrin, gib dem Burschen acht Groschen heraus und laß dich nicht ins Bockshorn jagen.“

Jetzt kam auch Janos herbei, und ein kleines Mädchen, das mit ängstlichen Augen an den Tisch gelehnt stand, sagte:

„Drüben an der Bude hat er das auch schon versucht.“

Da rannte der Bursche weg.

„Den sollte man der Polizei übergeben!“ wetterte Janos hinter ihm her. „Wäre die Kleine nicht zugegen gewesen, hätte es einen Menschenauflauf gegeben, und es hätte geheißen: ‚Natürlich, diese Budenbesitzer, die betrügen uns nach Strich und Faden!' Hier, Kind, nimm diesen Mohrenkopf, du hast ihn reichlich verdient."

Janos nahm einen Mohrenkopf vom Tisch und gab ihn dem Mädchen, das sich voll Freude bedankte. Katrin preßte die Hand aufs Herz, so aufgeregt schlug es.

„Du hast eine Pause verdient, Katrin", sagte Janos, „ich schicke dir Marie, ich kann sie für eine halbe Stunde entbehren."

Er ging, und dann erschien Marie.

„Troll dich, Kind", befahl sie, „aber bleib nicht zu lange fort, bei uns gibt es in einer halben Stunde viel zu tun, dann trudeln die Großen ein."

Katrin lief zu ihrem Wohnwagen hinüber. Da fielen ihr die Katzen wieder ein. Sie bückte sich unter den Wagen, um in die Kiste zu schauen. O Schreck, sie war leer! Laut weinend rannte sie zum Großvater in den Wagen. Unter Schluchzen erzählte sie ihm, die Katze sei mit den Jungen fort. Onkel Knorke habe gleich gesagt, daß sie vor Lärm davonlaufen würden.

„Nun wisch mal die Tränen fort", sagte Großvater Michaelis, „die bringen die Katzen nicht zurück. Laß mich mal überlegen, wohin sie sich geflüchtet haben können."

Er stand ein wenig schwankend auf den Beinen, als er sich von dem Sofa erhob und zum Fenster ging. An den Kirmesplatz grenzte eine große Wiese. Aufmerksam tastete der Mann jeden Meter Boden mit den Augen ab, bis sie an einem kleinen, verlotterten Schutzdach hängen blieben, das den Kühen im Sommer vor der brennenden Sonne Schutz bot. Er tippte mit dem Finger gegen die Scheibe.

„Dort, Katrin, dort kannst du nachsehen. Ich wette, du findest die Katze mit ihren Jungen darin."

Katrin flog im wahrsten Sinne des Wortes aus dem Wohnwagen. Sie übersah die Stufen und fand sich im Staub des Kirmesplatzes wieder. Flink erhob sie sich, klopfte den Schmutz ab und rannte weiter. Sie kroch durch den Stacheldrahtzaun und überquerte die Wiese. Heftig atmend langte sie bei dem Schutzdach an. Es stand ein Kessel darunter, in dem aber jetzt kein Wasser war. Ein bißchen Zeitungspapier, ein paar Zweige, verrottetes Heu befanden sich darin und — Katrin schrie leise auf — die Katze. Im Maul hatte sie ihre Jungen hierhergetragen. Katrin kniete nieder und sagte leise:

„Du — hier bist du — ich habe dich so gesucht. Heute abend bringe ich dir etwas zu fressen. Ich werde sehr vorsichtig sein, daß mich kein Kind sieht. Niemand soll wissen, daß du hier bist, niemand soll dich stören."

Reglos sah Katrin zu, wie die Kleinen bei ihrer Mutter tranken. Die Augen hatten sie immer noch geschlossen.

„Wenn sie groß genug sind, zieht ihr in unseren

Wohnwagen", verhieß Katrin, als sie sich endlich erhob, um zu Marie zurückzukehren.

Sie wußte nicht, wieviel Zeit verstrichen war. Großvater Michaelis schmunzelte, als Katrin bei ihm hereinschaute, um zu berichten, daß sie die Katze unter dem Schutzdach gefunden habe.

„Ich bin ein prima Detektiv, oder?" fragte er.

Katrin nickte und lief zum Stand.

„Endlich, Katrin", rief Marie. „Komm, löse mich ab, Janos kann die Burschen gar nicht allein bedienen."

In der Tat hatten sich mehr als zehn Jungen eingefunden, die aus der Berufsschule gekommen waren. Die Büchermappen hielten sie unter dem Arm geklemmt. Katrin huschte hinter den Tisch. Es war ganz leer an ihrem Stand. Mit großen Augen verfolgte sie das Schießen der Jungen. Sie drückte fest beide Däumchen.

„He, Katrin, was tust du?" lachte Erich Knorke. „Drückst du den Burschen die Daumen, damit sie gewinnen?"

Katrin lachte verlegen: „Nein, Onkel Knorke, ich drücke sie, daß sie vorbeischießen und Großvaters Blumen kaufen."

Da wollte sich Erich Knorke vor Lachen schütteln. „Alle Achtung, Katrin, du wirst wirklich eine kluge Geschäftsfrau."

Der erste Bursche kam herüber.

„Gib mir mal drei Blumen, Kleine, aber deine

schönsten, hörst du?“ Er schmückte seine Brust damit, zahlte und ging zu den anderen zurück.

„Mensch, sieh doch bloß einer den Egon an, der hat es sich leichtgemacht. Komm, gib mal eine Blume her!“ rief einer der Jungen. Alle fielen über Egon her, und schließlich stand er da, und drei andere schmückten sich mit seinen Blumen.

„Ihr Räuberhäuptlinge, ihr!“ brummte er und strich sich durch die Haare, um die Spuren der Rauferei zu beseitigen.

Um sechs Uhr kam Großvater Michaelis. Obwohl die anderen Einspruch erhoben, blieb er hartnäckig und schickte Katrin in den Wohnwagen.

„Ich habe dir einen Teller Haferflocken auf den Tisch gestellt. Iß ihn leer und leg dich schlafen“, befahl er.

Katrin ging gehorsam. Aber als sie die Haferflokken löffeln wollte, fiel ihr die Katze ein. Vorsichtig trug sie den Teller zur Wiese hinüber und stellte ihn unter das Schutzdach. Die alte Katze war nicht da. Sie sucht sicher etwas zu essen, dachte Katrin und blieb reglos hocken. Endlich sah sie die Katze auftauchen, und sie lockte sie leise.

Eine Kirmes in den kleinen Städten und Dörfern dauert nun einmal nicht länger als drei Tage. Als Katrin am Montagabend heimlich ihren Teller Haferflocken zu den Katzen hintrug, flüsterte sie zärtlich mit ihnen. „Ich nehme euch mit“, sagte sie, „August muß euch in die Kiste packen und in unseren Wagen tragen. Wir müssen nämlich morgen weiterfahren. Vielleicht auch erst übermorgen oder überübermorgen. Ich muß Janos fragen, wann er uns fahren wird. Wir haben nämlich keinen eigenen Trecker, müßt ihr wissen. Ich könnte gut noch zur Schießbude hinübergehen und Janos fragen. Ja, das will ich tun."

Sie erhob sich, nahm den Teller auf und ging. Unter der Wasserleitung auf dem Platz wusch sie ihn sorgfältig ab. Dann brachte sie ihn in den Wohnwagen und nahm sich ein Stück trockenes Brot. Großvater durfte nicht merken, daß sie mit den Haferflocken die Katzen fütterte.

Janos und Marie hatten alle Hände voll zu tun. „Geh weg! Geh aus dem Weg!" sagte Marie unfreundlich zu Katrin. „Wieso bist du noch hier? Du solltest schon im Bett liegen."

„Wann fahren wir hier weg, Onkel Janos?" fragte Katrin. „Es ist wegen der Katzen."

„Weiß ich nicht. Morgen früh werde ich es dir sagen. Jetzt geh, du bist wirklich im Weg."

Katrin schlüpfte hinaus. Vorsichtig spähte sie zu Großvaters Stand hin. Er bediente gerade ein paar junge Mädchen und sah nicht her. Da lief sie schnell davon, aber nicht zum Wohnwagen, sondern zum Kinderkarussell. Hier war nichts zu tun. August lehnte sich gähnend an die Kasse. Manchmal kamen ein paar Burschen und Mädel und machten sich einen Spaß daraus, mit ihren langen Beinen auf einem der Tiere zu hocken. Aber jetzt war niemand da.

„Hallo, August!“ rief Katrin ihn an. August fuhr zusammen.

„Du, Katrin? Was suchst du hier? Du mußt doch schon im Bett liegen!“

„Wir fahren vielleicht morgen schon weiter, August. Ich will meine Katzen mitnehmen. Die alte Katze ist mit den Kleinen auf die Wiese geflohen. In einem alten Kessel liegen sie. Fängst du sie ein und bringst sie in einer Kiste in unseren Wagen? Ja, bitte, August, du mußt es tun.“

„Wenn dein Großvater nichts dagegen hat?“

„Nein, bestimmt nicht. Tust du es?“

„Klar, ich werde doch unserer Katrin keinen Wunsch abschlagen, wenn ich ihn so leicht erfüllen kann. Aber jetzt geh, Spatz, geh schlafen. Ich sorge schon dafür, daß du nicht ohne die Katzen abzureisen brauchst.“

„Danke! Vielen Dank, August, und gute Nacht!“

„Gute Nacht, Katrin! Ich werde jetzt hier schließen. Es lohnt sich nicht mehr.“

Katrin lief leichtfüßig davon. Oh, sie würde ihre Katzen bekommen. Sie würde sie mit auf die Fahrt nehmen. Im Wohnwagen angekommen, legte sie sich glücklich in ihre Hängematte, den Luftballon im Arm. Wenn ich wach werde, sobald Großvater heimkommt, muß er mir noch eine Geschichte erzählen, dachte sie und gähnte herzhaft, eine Geschichte von den kleinen Katzen. Dann fielen ihr die Augen zu.

## Tante Pauline

Sechs Wochen lang war Großvater Michaelis nun schon mit Katrin unterwegs. Es schien, als ob er wieder gesund sei. Doch jeden Abend fühlte er sich wie zerschlagen. Es kostete ihn Mühe, Katrin die allabendliche Gutenacht-Geschichte nicht einfach abzuschlagen, weil ihn selbst das Erzählen anstrengte. Katrin merkte 'nichts davon. Sie saß dem Großvater gegenüber, die drei kleinen Katzen im Schoß. Die alte Katze hatte sich Minna Alamba geholt, und nun saß sie in ihrer schmalen Bude, das Tier auf ihrer vom Rheuma geplagten Schulter, eine schwarze Brille auf der spitzen Nase. Sie meinte, das gebe ihr ein geheimnisvolles Aussehen und hebe das Geschäft. Sie hatte eine Menge zu tun. Besonders die jungen Mädchen und Burschen drängten zu ihr herein und hatten ihren Spaß an ihren Weissagungen. Minna Alamba machte sich ihr Geschäft leicht und die Hörer geneigt. Sie prophezeite ihnen nur Gutes, versprach ihnen für die Zukunft das Blaue vom Himmel herunter, und wer hört das nicht gern!

Was Großvater Michaelis beunruhigte, war ein Brief, der ihm nachgeschickt worden war, ein Einschreibebrief mit mehreren Poststempeln, weil er von einem Ort zum anderen gesandt wurde, bis er endlich rechtzeitig während der Kirmestage angekommen war. In diesem Brief forderte die Jugendbehörde ihn

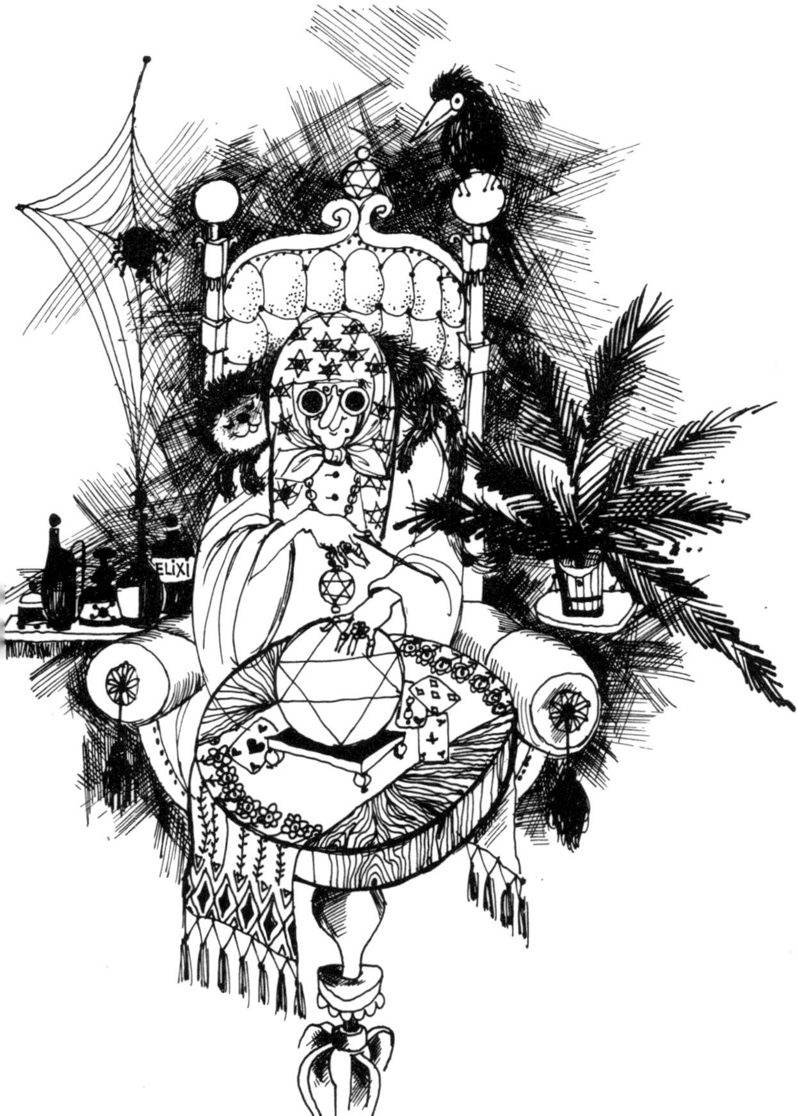
ELIXI

auf, Katrin während der Reisemonate in ein Internat oder zu Verwandten zu tun, damit sie regelmäßig am Schulunterricht teilnehmen könnte. Großvater Michaelis seufzte, wenn er an den Brief dachte, denn er mußte eingestehen, daß es wirklich so nicht weitergehen durfte. Katrins Lücken wurden immer größer, und an manchen Schulen wurde sie wie eine Aussätzige behandelt, weil sie ein „Kirmeskind" war. Er war empört darüber, daß man damit meinte, sie sei unsauber, stamme von Zigeunern ab oder sei eine Diebin. Es gab natürlich auch sehr nette Lehrer und Lehrerinnen, und manchmal konnte Katrin für die wenigen Tage eine Freundin gewinnen. Für ein Internat reichte das Geld nicht, und außer seiner Schwester Pauline besaß er keine Verwandten. Pauline aber hatte ein barsches Wesen. Sie meinte, wenn man einem Kind saubere Kleidung und satt zu essen gebe, habe es alles, was es brauche. Großvater Michaelis hatte in ihrer Nähe immer das Gefühl, er könne nicht lachen oder fröhlich sein. Aber blieb ihm etwas anderes übrig, als Katrin zu ihr zu geben? Von einem Tag zum anderen schob er es auf, mit Katrin darüber zu reden. Es ist ja nur für die Sommermonate, wollte er ihr sagen, nur für fünf Monate. Sieben Monate blieben ihnen dann immer noch jedes Jahr. Aber sobald er zu sprechen anfing, blieben ihm die Worte im Hals stecken. Katrin war immer fröhlich und voller Einfälle. Sie würde vor Heimweh nach dem Wohnwagen krank.

Viel schneller, als der Großvater gedacht hatte, kam Katrin zu Tante Pauline. Eines Tages gab es einen wolkenbruchartigen Regen. Großvater Michaelis versuchte von der Ware, die er gerade auf den Tisch gepackt hatte, zu retten, was zu retten war. Dabei wurde er bis auf die Haut naß, und nachts bekam er Schüttelfrost. Schon am nächsten Tag wurde er ins Krankenhaus gebracht. Der Arzt stellte eine schwere Lungen- und Rippenfellentzündung fest. Besuche durfte er nicht haben.

Katrin saß im Wohnwagen und weinte. Großvater hatte sie gar nicht erkannt, als er mit einer Bahre hinausgetragen wurde. Er hatte ihr keinen Rat geben können. Wohin sollte sie, während er krank war? Marie verkaufte den Rest der noch vorhandenen Ware aus. Katrin mußte ihr dabei helfen. Auch fürs Essen sorgte Marie. Aber nach drei Tagen, als es um Großvater Michaelis sehr schlimm stand, sagte sie zu Katrin:

„Hör gut zu, Kleines, und versuche mal, nicht zu weinen: Ich bringe dich morgen, wenn der Trubel vorbei ist, zu deiner Tante Pauline. Dort bleibst du so lange, bis der Großvater wieder gesund ist."

„Nein, nein!" schluchzte Katrin.

„Sei doch ein liebes Mädchen, Katrin!" bat Marie. „Der Großvater wird nicht gesund, wenn er sich um dich sorgen muß. Im Fieber ruft er immer, wir sollen dich nicht allein lassen. Und die Sorge müssen wir von ihm nehmen. Du bleibst ja nicht lange fort, nur so lange, bis der Großvater wieder gesund ist und schaffen kann."

Da hörte Katrin auf zu schluchzen. Marie sah in ihr trauriges Gesicht und sagte:

„Ich wußte doch, daß du tapfer sein kannst und dem Großvater helfen wirst, wieder gesund zu werden. Ich selbst bringe dich zu Tante Pauline. Morgen fahren wir."

„Und meine Kätzchen — meinst du, ich dürfe sie alle drei mitnehmen, Marie?"

Verlegen sah Marie Katrin an. „Nein, alle drei nicht, nur eine", entschied sie dann. „Eine übernehme ich, und eine muß August für dich hüten, bis du wieder da bist. Ja, so geht es, glaube ich. Nun trockne deine Tränen und lauf zu August und frage ihn, ob er dir den Gefallen tut."

Katrin verließ mit Marie den Wohnwagen und ging zum Karussell hinüber. Onkel Masarek und August wollten es gerade abbrechen.

„Ich muß fort zu Tante Pauline!" schluchzte Katrin, und dann konnte sie nicht weitersprechen.

Da ließ Onkel Masarek das Karussell sich drehen und setzte Katrin auf den Rücken des Hirsches. Das kleine traurige Mädchen umklammerte den Hals des Tieres und schluchzte so lange, bis keine Tränen mehr kamen. Da stellte August den Motor ab und hob Katrin herunter.

„Natürlich sorge ich für deine Katze", versicherte er, als Katrin ihn darum bat. „Dann muß ich immer an unsere Katrin denken und kann es nicht vergessen."

Er nahm aus seinem Geldbeutel einen blanken Taler und gab ihn Katrin. Bei allen Kirmesleuten mußte sie sich verabschieden. Sie wurde mit Geschenken und Trostsprüchen überhäuft. Minna Alamba meinte geheimnisvoll, es würde etwas Großes aus Katrin werden. Marie, die Katrin bei dem Abschiedsgang begleitete, schalt, sie solle ihre Weisheit für sich behalten, aber Katrin fragte neugierig:

„Oh, was werde ich, Tante Alamba?"

Minna antwortete nicht, sie tat beleidigt.

„Gib dem Kind lieber einen Zehrgroschen auf den Weg", sagte Marie.

Aber da jammerte Minna etwas über schlechte Geschäfte.

Am nächsten Morgen hockte Katrin klein und verweint auf ihrer Sitzbank im Zug, auf dem Schoß ein Körbchen mit dem Kätzchen, um die linke Hand den Bindfaden eines Luftballons, der über ihrem Kopf schwebte. Marie hatte einen Arm um sie geschlungen. Es war sehr voll im Abteil, und sie schwiegen beide. Als eine Frau neugierig fragte, warum das Kind denn weine, gab Marie keine Antwort. Erst als sie ganz allein im Abteil zurückblieben, klammerte sich Katrin fest an Marie und schluchzte:

„Nimm mich wieder zurück!"

„Aber, Liebes, sei doch tapfer", murmelte Marie. „Du willst doch, daß der Großvater schnell wieder gesund wird. Er darf sich nicht sorgen, hörst du? Und Tante Pauline ist keine Menschenfresserin, du wirst sehen, sie wird dich bald sehr liebhaben."

Katrin schüttelte den Kopf. Der Großvater war einmal mit ihr bei Tante Pauline zu Besuch gewesen, als sie an ihrem Wohnort auf der Kirmes ihren Stand hatten. Da hatte sie auch etwas von Herumzigeunern gesprochen, und Großvater hatte ein ganz trauriges Gesicht bekommen und war schnell wieder aufgebrochen.

Tante Pauline war eine stattliche Frau. Sie war groß und breit und hatte dunkelbraunes, dichtes Haar und dunkle Augen. Als Marie an der Wohnungstür im fünften Stockwerk eines Hauses in der Altstadt schellte, öffnete sie und sah verständnislos von der fremden Frau zu dem kleinen Mädchen mit dem Luftballon.

„Dies ist Katrin, Fräulein Michaelis, und ich bin die Marie von der Schießbude. Ihr Bruder liegt mit einer schweren Lungenentzündung im Krankenhaus, und es war sein Wunsch, daß wir das Kind zu Ihnen bringen sollten."

„Das ist doch nicht möglich", murmelte Tante Pauline. „Aber bitte, kommen Sie herein. Ich koche eine Tasse Kaffee. Nun gib mir die Hand, Kind, ich beiße nicht."

Marie trat in die blitzsaubere Küche, Katrin hinter sich herziehend. Sie setzten sich auf das Sofa hinter dem Tisch. Ängstlich umklammerte Katrin den Griff des Körbchens mit dem Kätzchen. Auch den Luftballon ließ sie nicht los.

Unterdessen werkte Tante Pauline am Herd und jammerte, sie habe ihrem Bruder immer gesagt, es nähme mit ihm ein schlimmes Ende.

Wenn sie nicht ein so trauriges Ereignis hierhergeführt hätte, dann hätte Marie laut gelacht.

„Wir werden alle einmal krank oder sterben, das hat doch nichts mit dem Beruf zu tun. Es ist Gottes Wille, und man muß sich fügen."

Seufzend stellte Tante Pauline Tassen auf den Tisch und schnitt Rosinenstuten auf. Marie griff tüchtig zu, aber Katrin aß weder, noch trank sie einen Schluck. Das Kätzchen, das bis jetzt in dem Körbchen geschlafen hatte, erwachte und stieß einen Klagelaut aus. Tante Pauline horchte.

„Was war das?" fragte sie verständnislos.

„Es ist Katrins Kätzchen, es hat Durst", antwortete Marie und sah Tante Pauline gespannt an.

„Was? Eine Katze bringt sie mir ins Haus?" kreischte die Frau. „Nein, das lasse ich mir nicht bieten. Das ist ja der Gipfelpunkt der Unverschämtheit!" Sie schnappte nach Luft.

Katrin war vor Angst ganz in sich zusammengekrochen. Aber das Kätzchen steckte neugierig das Köpfchen aus dem Körbchen. Tante Pauline starrte das Tierchen an.

„Es ist so winzig und frißt kaum etwas", sagte Marie.

„Tiere zu halten, ist in diesem Hause verboten!" kreischte Tante Pauline wieder. „Nehmen Sie es nur gleich mit. Ich will es nicht, und ich dulde es nicht, daß es bleibt."

Katrin rannen Tränen über das blasse, traurige Gesicht.

„Und du hör auf zu heulen, sonst kannst du auch wieder mitgehen!" sagte Tante Pauline böse.

Marie seufzte schwer. Gern ließ sie Katrin gewiß nicht zurück. Aber es blieb kein anderer Weg.

„Es ist nur für kurze Zeit", sagte sie besänftigend. „Lassen Sie deshalb dem Kind das Kätzchen, sonst bekommt es Heimweh und jammert zu sehr nach dem Großvater und den anderen allen."

Tante Pauline schwieg eine Weile und starrte Katrin und das Kätzchen an. „Gut", sagte sie, „Katrin bleibt, und sie fragt den Hausbesitzer, ob sie für die kurze Zeit ihre Katze behalten darf. Sonst gebe ich sie in ein Tierheim."

Entsetzt riß Katrin die Augen auf.

„Es wird schon gut werden", tröstete Marie sie. „Der Hausbesitzer wird kein Unmensch sein. Ich muß jetzt gehen. Leb wohl, Katrin, ich hole dich, sobald der Großvater aus dem Krankenhaus kommt. Und sei schön brav, ja? Denk daran, es ist nur für eine kurze Zeit."

Katrin warf die Arme um Maries Leib und klammerte sich so fest, daß Marie Mühe hatte, die kleinen Hände zu lösen.

„Ich werde dich schon nicht fressen“, brummte Tante Pauline und zog Katrin von Marie fort.

Als sich die Tür geschlossen hatte, hockte sich Katrin wieder in die Sofaecke, nahm das Körbchen auf ihren Schoß und den Luftballon zwischen ihre kleinen Hände. Tante Pauline räumte den Tisch ab. Schweigend verrichtete sie ihre Arbeit. Von Zeit zu Zeit murmelte sie etwas vor sich hin, das Katrin nicht verstand. Katrin folgte ihr mit den Augen. Als die Tante eine Untertasse mit Milch auf den Fußboden setzte, nachdem sie zuvor einen Aufnehmer ausgebreitet hatte, lächelte Katrin zum erstenmal. Sie hob das Kätzchen aus dem Korb, in dem es sich wieder zusammengerollt hatte. Das Tierchen zögerte nicht lange. Es war ihm ganz gleich, wo es seine Milch bekam. Tante Pauline starrte auf das Kind, das am Boden hockte, und auf das Tierchen, das eine winzige rosa Zunge herausstreckte und flink damit über das köstliche Naß fuhr. Solch eine Winzigkeit von einer Zunge hatte die Frau noch nicht gesehen.

„Du meine Güte“, sagte sie freundlich, „du meine Güte!“

Als die Katze die Untertasse leergeleckt hatte, fuhr Katrin ihr mit dem Aufnehmer über das Mäulchen. „Es heißt Fellchen“, sagte Katrin, denn sie hatte für sich das grauweiße Tierchen ausgesucht. Plüsch hatte August bekommen und Marie Plumm. „Es ist nicht nötig, daß man ihr das Mäulchen abputzt, weil sie es mit ihrer Zunge immer sauberleckt, wenn sie gegessen hat. Aber ich will, daß sie nichts beschmutzt, damit du sie nicht in das Tierheim bringst." Katrin sah die Tante flehend an.

„Ich fresse euch beide nicht", brummte Tante Pauline als Antwort, „nur weiß ich nicht, ob der Hausherr es erlaubt. Er wohnt im Erdgeschoß, und du kannst ihn morgen fragen. Aber sag ihm, daß es nur für kurze Zeit ist."

Tante Pauline trug Zeitungen und Zeitschriften aus. So verdiente sie sich ihren Lebensunterhalt. Morgens um vier Uhr ging sie schon aus dem Haus, um ihren Zeitungspacken vom Bahnhof abzuholen. Gegen neun Uhr kam sie müde und zerschlagen zurück, denn sie war schon sechzig Jahre alt, und ihre Beine machten ihr zu schaffen.

Katrin hatte die Tante nicht weggehen gehört. Als sie erwachte, lag sie in dem fremden Zimmer. Über ihrem Kopf schwebte ihr Luftballon. Einen Augenblick lag sie starr vor Angst und Trauer, als sie sich an den Vortag erinnerte. Dann hörte sie in der stillen Wohnung den hohen Piepslaut der Katze. Es war noch kein richtiges Miauen. Sie sprang aus dem Bett und lief in die Küche. Fellchen machte einen Buckel und rieb sich an den nackten Kinderbeinen. Katrin hob sie hoch und drückte ihr Gesicht an sie.

Da Katrin gewohnt war, in dem engen Wohnwagen zuerst Ordnung zu schaffen, begann sie auch hier aufzuräumen. Und weil sie Großvater schon oft morgens mit einer Tasse Kaffee überrascht hatte, setzte sie Wasser auf die Kochplatte, suchte die Kaffeedose mit dem Pulver und braute einen Kaffee. Tante Pauline hatte ihr vor dem Schlafengehen gesagt, daß sie gegen neun heimkäme und frische Semmeln mitbringen würde.

Als sie heimkam, sah sie überrascht den gedeckten Tisch. Katrin holte die Kaffeekanne vom Herd und schenkte ein. Tante Pauline setzte sich und bettete die Füße auf einen Schemel. Langsam schlürfte sie den Kaffee. „Das tut gut", brummte sie. „Schade, daß du ab morgen in die Schule gehen mußt. Es ist schön, gleich eine Tasse heißen Kaffee trinken zu können, wenn man hundemüde heimkommt."

„Ich koche den Kaffee, bevor ich aus dem Haus muß", versicherte Katrin eifrig. „Dann stülpe ich den Kaffeewärmer über die Kanne, und dann bleibt er warm."

Am Nachmittag lernte Katrin den Jungen aus der gegenüberliegenden Wohnung kennen. Er hieß Peter Zimmer und war zwei Jahre älter als Katrin. Als sie die Treppen hinabging, um für die Tante einzukaufen, kam er hinter ihr hergelaufen.

„Bist du das Kirmeskind?" fragte er neugierig. „Meine Mutter sagt, du stammst von Zigeunern ab."

Katrins Augen flammten den Jungen an. Sie antwortete nicht und ging weiter.

„Du brauchst doch nicht gleich beleidigt zu sein", sagte der Junge. „Ich wünschte, ich stammte von Zigeunern. Ich will nämlich Kunstreiter werden oder

Seiltänzer, irgend etwas in einem Zirkus. Du kennst dich doch da aus."

Katrin lachte hell auf.

„Du hast es nötig, mich auszulachen", sagte er giftig und schubste sie.

„Laß das!" fauchte Katrin. „Ich lache dich nicht aus. Aber du bist riesig dumm. Ich bin keine Zigeunerin und kenne mich auch nicht im Zirkus aus. Mein Großvater hat einen Süßwarenstand auf den Jahrmärkten, das ist alles. Deshalb kannst du doch nicht sagen, ich sei ein Kirmeskind."

„Na ja, aber es stimmt doch, daß du auf den Rummelplätzen zu Hause bist. Ich finde das prima. Lassen sie dich da umsonst Karussell fahren, weil sie dich dort alle kennen?"

„O ja, und manchmal bekomme ich ein Glückslos und hole den ersten Gewinn. Und Onkel Knorke schenkt mir seinen schönsten Luftballon." Katrins Augen glänzten vor Freude.

„Hoffentlich bauen sie mal hier ihre Buden auf. Nimmst du mich dann mit, damit ich auch überall umsonst fahren darf und ein Glückslos kriege? Für Luftballons bin ich schon zu groß."

„Ja, ja, und ich sage Marie, sie solle dich einmal schießen lassen. Marie ist nämlich meine Freundin. Sie hat eine große Schießbude." Sie waren auf der Haustreppe angelangt. „Aber jetzt muß ich gehen, ich muß einkaufen."

„Ich komme mit", sagte Peter. „Ich finde es riesig

interessant, wenn du erzählst. Die anderen Mädchen sind dumme Gänse, die wissen gar nichts Gescheites zu sagen. Sie kichern bloß albern oder streiten."

Katrin fühlte sich geschmeichelt. Nach dem Kummer der vergangenen Tage tat es ihr sichtlich gut, so gelobt zu werden.

„Sag nur, was du einholen mußt, dann führe ich dich in die richtigen Geschäfte. Ich weiß nämlich, wo deine Tante einkauft."

Das Gespräch der Kinder drehte sich nur um Jahrmärkte und Zirkusse. Fast neigte Katrin dazu, auch Kunstreiterin oder Seiltänzerin zu werden.

„Von heute ab gucke ich jeden Tag in die Zeitung. Wenn Kirmes ist, steht es vorher drin", versicherte Peter. „Dann laufen wir hin, und wenn es sehr weit von hier ist, fahren wir mit dem Omnibus."

„Ich habe ganz viel Geld", sagte Katrin eifrig. „August Masarek hat es mir zum Abschied geschenkt. Das ist der große Junge, der mich immer auf dem Kinderkarussell fahren läßt. Es ist ein sehr hübsches Karussell mit lauter Tieren aus dem Zoo. Ich setze mich immer auf den Hirsch. Der hat ein wunderbares Geweih."

„Ach, das ist nichts für mich", antwortete Peter. „Ich gehe lieber ins Kettenkarussell oder auf die Schiffschaukel. Und ich schieße gern."

Katrin bedauerte es sehr, daß die Einkäufe so schnell erledigt waren. „Komm doch mit zu uns", bat sie.

„Deine Tante wirft mich hinaus, die mag doch keine Kinder", lehnte Peter ab. „Wenn du Zeit hast, können wir uns ja auf der Fensterbank im Flur treffen. Wir dürfen uns bloß nicht vom Hausherrn erwischen lassen. Der mag genauso wenig wie deine Tante Kinder." Weil Katrin gleich ein ängstliches Gesicht machte, setzte er hinzu: „Ich passe schon auf. Wenn ich ihn kommen höre, verschwinden wir sofort."

„Ich muß ihn noch etwas fragen", gestand Katrin. „Ich habe nämlich eine kleine Katze mitgebracht, und meine Tante sagt, das sei verboten."

„Au Backe!" rief Peter. „Und du willst ihn fragen, ob er es erlaubt? Das tut er bestimmt nicht. Frag lieber nicht, dann kommt er erst gar nicht dahinter."

„Ich werde es überlegen", meinte Katrin.

## Wohin mit Fellchen?

Auch an diesem Morgen war Katrin allein mit ihrem Luftballon und dem Kätzchen, als sie aufwachte, denn Tante Pauline war schon seit dem Morgengrauen mit ihren Zeitungen unterwegs. Katrin stand sofort auf und zog sich an. Ihr war so bänglich zumute, weil sie heute in die Schule mußte. Während sie aufräumte und für Tante Pauline Kaffee kochte, gingen ihr allerhand Gedanken im Kopf herum. Würden die Mädchen nett zu ihr sein, oder würden sie „Kirmeskind“ rufen? Am meisten fürchtete sie sich vor den Jungen.

Endlich war Katrin so weit, daß sie gehen konnte. Über die Kanne mit dem heißen Kaffee hatte sie die Wärmemütze gestülpt, die Tasse, Zucker und Milch auf den Tisch gestellt. Tante Pauline brauchte sich nur zu setzen und die Füße hochzulegen. Sogar den Schemel hatte Katrin herangezogen. Sie setzte das Kätzchen in ihr Henkelkörbchen und hängte es an den Arm. Mit der freien Hand griff sie die Schnur von ihrem Luftballon und ihre Büchertasche. Besorgt sah sie zu dem Ballon empor. Er hatte schon Gas verloren. Bald würde er nicht mehr hochsteigen. Das machte sie traurig, denn sie wußte nicht, woher sie einen neuen Ballon nehmen sollte. Ohne Luftballon war das Leben traurig.

An der Tür schellte es. Katrin öffnete, und Peter

stand vor ihr. „Es wird Zeit", sagte er und schlenkerte mit seiner Büchermappe.

„Ich bin fertig", antwortete Katrin und trat in den Flur.

„Du willst doch wohl nicht den Luftballon und den Korb mit der Katze mitnehmen?" fragte er erstaunt. „Du gehst doch nicht in den Kindergarten."

„Doch, ich nehme beides mit", antwortete Katrin fest und schloß die Tür ab. Den Schlüssel hängte sie sich an einem Band um den Hals. Als sie sich umwandte, sah sie voller Staunen, daß Peter die Treppen hinuntergesprungen war, ohne zu warten.

„Peter! Warte doch!" rief sie über das Treppengeländer.

„Ich nehme dich nicht mit, ich lasse mich doch nicht auslachen!" rief er wütend zurück.

„Ich weiß nicht, wo die Schule ist!" Katrin war den Tränen nahe.

„Dann lauf zehn Schritte hinter mir her. Aber komm ja nicht ganz heran."

Peter wartete am Treppenabsatz. Als Katrin nahe genug herangekommen war, setzte er sich in Trab. Katrin folgte mit dem Luftballon in der Hand und dem Korb am Arm in geringer Entfernung.

Auf dem Schulhof waren schon eine Menge Kinder. Ein paar Mädchen entdeckten das fremde Kind mit dem Luftballon. Da wußten sie gleich Bescheid, daß es das Mädchen von den Kirmesleuten war, denn Peter hatte es schon am ersten Tag weitererzählt,

weil es eine so interessante Neuigkeit war. Sie kicherten und stießen ein paar Freundinnen an. Sie gingen auf Katrin zu und schlossen einen Kreis um sie.

„Was hast du denn da in dem Korb, dein Frühstück?“ fragte Elisabeth Terborg lachend. Ehe Katrin noch antworten konnte, sprang einer von den großen Jungen hoch und stach mit einer Nadel in den Luftballon. Mit einem Knall zersprang er. Katrin schluchzte fassungslos. Sie bückte sich und hob die Gummireste auf und stopfte sie in ihre Kleidertasche.

Aus dem Körbchen guckte das Kätzchen heraus. Flink zog es sich wieder zurück, als es die fremden Kinder sah.

„Oh, sie hat eine Katze mitgebracht!" schrie Ellen Schnieder entzückt. „Nimm sie doch mal 'raus, zeig sie uns!"

Katrin schüttelte abwehrend den Kopf. Sie umklammerte das Körbchen mit beiden Händen.

Peter hatte beobachtet, wie der lange Lulatsch hochgesprungen war und in den Luftballon gestochen hatte. Da vergaß er, daß er nicht mit einem kleinen, verspielten Mädchen zusammen genannt werden wollte. Er rannte herbei und sprang dem Jungen wie eine Katze auf den Rücken. Bald lagen sie beide am Boden und balgten sich. Tränenblind, wie sie war, gewahrte Katrin nicht einmal, daß er sie rächte.

„Was ist denn hier los? Seid ihr denn verrückt geworden?" Eine sehr junge Lehrerin bückte sich und packte die Jungen beim Kragen. „Sofort hört ihr auf und meldet euch bei eurem Klassenlehrer!" befahl sie.

Die Burschen erhoben sich und schüttelten den Staub aus ihrer Kleidung.

„Fräulein, die Neue hat eine Katze mitgebracht, die will sie mit in die Klasse nehmen", meldete Elisabeth Terborg.

„Was sehe ich! Richtige Tränen?" Fräulein Neuhaus beugte sich zu Katrin herab. „Komm, sei lieb und weine nicht. Es tut dir niemand etwas."

„Doch, Egon Rupp hat ihren Luftballon kaputtgestochen, deshalb heult sie so."

„Um einen dummen Luftballon!" lachte Ellen.

Katrin schwieg und umklammerte den Korb noch fester.

„Willst du uns deine Katze einmal zeigen?" fragte die Lehrerin.

Da schüttelte Katrin heftig den Kopf.

In diesem Augenblick schellte es. Fräulein Neuhaus klatschte in die Hände.

„Nicht herumstehen, schnell aufstellen, bitte!" rief sie, und die kleinen Mädchen gehorchten. Sie legte den Arm um Katrins Schulter und schob sie vor sich her. Kein Wort sagte sie, daß man Katzen nicht mit in die Schule nehmen könne und daß man nicht gleich weinen dürfe, wenn etwas schiefginge. Ein Blick in das traurige Gesicht, das von Tränen verschmiert war, genügte, um das alles ungesagt zu lassen.

Fräulein Neuhaus setzte Katrin in die erste Bank neben Elisabeth Terborg. „Kümmere dich ein bißchen um sie", sagte sie zu Elisabeth. „Katrin ist noch so fremd und kennt niemanden. Das ist gar nicht so einfach, wenn man so klein ist wie ihr."

Obwohl die Lehrerin sich so lieb um Katrin bemühte, blieb diese stumm und nannte nicht einmal ihren Namen, als sie gefragt wurde. Sie hielt den Korb auf dem Schoß mit beiden Armen umklammert und den Kopf darübergesenkt. Von Zeit zu Zeit lugte Fellchen vorsichtig heraus und verschwand wieder.

Fräulein Neuhaus hatte es an diesem Morgen schwer. Die Kinder waren durch Katrins Erscheinen so abgelenkt, daß sie falsche Antworten gaben. Seufzend entschloß sich Fräulein Neuhaus, ein Märchen zu erzählen. Sie wählte das von dem Kätzchen mit den Stricknadeln. Dabei beobachtete sie Katrin und sah, daß sie aufmerksam zuhörte und gar nicht mehr traurig aussah. Und wirklich wandte sich Katrins kleines Herz dem netten Fräulein zu. Fast so schön wie Großvater konnte sie erzählen, und lieb war sie wie Fräulein Hegener.

In der großen Pause hielt Fräulein Neuhaus Katrin zurück. „Du kannst mit deinem Kätzchen in der Klasse bleiben, damit die Kinder dich nicht so bedrängen. Hol nur dein Pausenbrot hervor und iß es."

Es stellte sich heraus, daß Katrin keins dabei hatte, und Fräulein Neuhaus teilte ihr eigenes.

„Du kannst deiner Katze etwas mitgeben, sie wird sicher Hunger haben."

„Ich habe ihr heute morgen meine Haferflocken überlassen", sagte Katrin, „das genügt."

„Oh, mein kleines Fräulein, dann hast du ja noch nichts im Magen", lachte Fräulein Neuhaus, „dann iß jetzt, schwatzen können wir immer noch. Aber morgen läßt du das Kätzchen daheim, gelt?"

Katrin schüttelte in heftiger Abwehr den Kopf. „Nein! Nein!" schrie sie angstvoll.

Es war sehr schwierig, den Grund ihrer Abwehr aus Katrin herauszulocken. Aber schließlich erfuhr

Fräulein Neuhaus doch von dem Hausbesitzer, der keine Tiere duldete, und von Peters Rat, ihn gar nicht erst zu fragen. Und wenn das Kätzchen bis zu Tantes Rückkehr allein war, begann es sicher zu jammern, und irgend jemand im Haus würde es hören und dem Hausbesitzer melden. Dann müßte das klitzekleine Kätzchen ins Tierheim, die Tante habe gleich bei Katrins Ankunft damit gedroht.

„Was machen wir da nur?" fragte Fräulein Neuhaus ratlos. Sie konnte doch nicht den Rektor um Erlaubnis bitten, eine Ausnahme für Katrin zu machen. Hatte er nicht das Wort „Kirmeskind" gebraucht, als er ihr mitteilte, daß Katrin in ihre Klasse käme? Nein, nein, mit einem „Kirmeskind" würde er keine Umstände machen.

„Bring das Kätzchen morgen erst mal wieder mit, ich werde nachdenken, was wir tun können", tröstete die Lehrerin das Kind. Sie seufzte ein wenig, doch konnte sie Katrin gut verstehen. Sie selbst hatte einmal eine lahme Ente geschenkt bekommen, die sie um nichts in der Welt allein gelassen hätte. Ach, war sie damals noch klein und dumm gewesen! Sie erzählte Katrin davon, um sie abzulenken. Da leuchteten Katrins Augen.

Es schellte, und die Kinder strömten herein, und der Unterricht begann. Es war Zeichenstunde, und jeder durfte malen, was er wollte. Katrins Zunge fuhr hin und her, so eifrig war sie bei der Arbeit. Sie malte eine Kirmes, viele Buden und Karussells, und sie vergaß auch Onkel Knorke mit seinen Luftballons nicht. Fräulein Neuhaus ging durch die Bankreihen, lobte hier und tadelte da und blieb endlich bei Katrin stehen.

„Dies ist Onkel Knorke", sagte Katrin, „und wenn Großvater wieder gesund ist und ich zurück darf, schenkt er mir seinen schönsten Luftballon. Das tut er immer, und er hat es mir fest versprochen."

„Du wirst sehen, Katrin, der Großvater wird rasch gesund, und dann kannst du heim. Du darfst nur nicht mehr weinen, das würde deinen Großvater sehr traurig machen. Und das willst du doch nicht?"

Heftig schüttelte Katrin den Kopf und malte weiter.

Nach der Schule begleiteten sie eine Menge Mädchen heim, alle mit der leisen Hoffnung, Katrin würde sie mit in die Wohnung nehmen und mit dem Kätzchen spielen lassen.

„He, macht, daß ihr fortkommt!" rief Peter, der ihnen auf dem Fuße gefolgt war. „Katrin darf keine Kinder mitbringen. Ihre Tante duldet das nicht."

„Auf Wiedersehen, Katrin! Bis morgen!" riefen die kleinen Mädchen und zogen enttäuscht heim.

Am Nachmittag saß Peter neben Katrin auf der Fensterbank im Hausflur. Katrin hielt ihre Tafel auf dem Schoß, und Peter half ihr, weil sie beim Rechnen nicht zurechtkam. „Mensch, du bist aber nicht klug!" stellte er erstaunt fest. „Du würdest in unserer Schule glatt sitzenbleiben."

„Im Sommer komme ich nur wenig hinein und dann alle paar Tage in eine andere Schule“, verteidigte sich Katrin.

Das fand Peter wiederum riesig interessant. „Das möchte ich schon“, sagte er.

„Hast du schon in der Zeitung nachgesehen, ob irgendwo in der Nähe Kirmes ist?“ fragte Katrin.

Peter schüttelte den Kopf: „Habe ich wahrhaftig vergessen. Ich bin ja ein netter Freund. Ich werde sofort nachsehen.“

Er sprang von der Fensterbank und lief in seine Wohnung. Als er nach einer Weile zurückkam, konnte Katrin schon an seinem Gesicht sehen, daß er nichts gefunden hatte.

„Du mußt mich jeden Tag daran erinnern“, sagte er, „damit ich nicht nachzuschauen vergesse. Ach, wird das herrlich, wenn du alle deine Bekannten von der Kirmes wiedersiehst! Ich kann es kaum erwarten. Und du wirst sie alle darum bitten, daß sie mir von den schönen Sachen austeilen, daß ich schießen und Karussell fahren darf.“

Katrin nickte: „Du bist doch mein Freund, und deshalb werden sie alles für dich tun, wenn ich sie darum bitte. Willst du auch einen Luftballon?“

Aber den lehnte Peter höflich dankend ab. „Nee, keinen Luftballon, ich hab‘ dir schon mal gesagt, das ist was für kleine Kinder, dafür bin ich zu groß.“

Tante Pauline hatte an diesem Nachmittag Wochenzeitschriften ausgetragen. Müde kam sie die

Treppen herauf. Peter horchte. Er kannte jeden Hausbewohner am Schritt.

„Du, das ist sie, deine Tante!“ flüsterte Peter.

Katrin sprang von der Fensterbank und lief die Treppe hinauf in die Wohnung. Peter blieb am Treppenabsatz stehen.

„Guten Tag, Fräulein Michaelis“, grüßte er zuvorkommend. „Erlauben Sie, daß ich mit Katrin in der Wohnung spiele?“ fragte er.

„Nein, nein, ihr macht zuviel Lärm und Durcheinander. Nein, nein!“ wehrte sie ab, und sie stieg die letzte Treppe empor.

Enttäuscht drehte Peter hinter ihrem Rücken eine lange Nase.

Am nächsten Morgen holte er Katrin wieder ab. Diesmal störte es ihn nicht, daß sie den Korb mit der Katze trug.

„Wenn du aber mit einem Luftballon angekommen wärest, hättest du hinter mir herlaufen müssen“, erklärte er.

Unterwegs gesellten sich noch ein paar Mädchen zu ihnen, und als sie den Schulhof erreichten, waren sie eine große Gruppe. „Laß die Katze doch mal laufen“, bettelten alle, und weil sie so nett zu ihr waren, tat Katrin es auch. Fellchen war wenig erbaut von den vielen Gesichtern, die sie anstarrten. Sie schmiegte sich ängstlich an Katrins Beine, und diese hob sie auf und setzte sie in den Korb zurück.

Fräulein Neuhaus hatte mit dem Hausbesitzer verhandelt. Es war nicht leicht gewesen, aber sie hatte schließlich erreicht, daß Katrin die Katze für die Zeit ihres Besuches behalten durfte.

Katrin atmete befreit auf, denn die Tante war gar nicht mehr so garstig wie bei ihrer Ankunft. Wenn sie sah, wie Fellchen mit ihrer winzigen Zunge flink hin und her fuhr und im Nu ihr Schälchen Milch leerte, lachte sie sogar. So hatte sich für Katrin alles zum Guten gewendet. Nur die Nachrichten über Großvaters Gesundheitszustand blieben schlecht. Wenn ein Brief von Marie ankam, weinte sich Katrin in den Schlaf, und das Heimweh wuchs, je länger sie fort war. Sie bestürmte Peter, ja gut in der Zeitung nachzusehen, wann Kirmes sei. Sie begann auch selbst zu lesen, aber es war für sie zu schwierig. In einer Zeitung standen unendlich viele Dinge. Wie sollte sie da die richtige Stelle finden?

„Was hast du nur immer in die Zeitung zu gucken!" schalt Tante Pauline. „Steck deine Nase lieber in die Schulbücher."

Aber Katrin gab ihr Geheimnis nicht preis.

## Das große Schulfest

Die ganze Schule fieberte seit Wochen dem Sommerschulfest entgegen. Diesmal hatte sich der Rektor mit den Lehrern und Lehrerinnen etwas besonders Schönes einfallen lassen. Sie wollten eine Kirmes aufbauen. Jede Klasse sollte ihre eigene Bude haben und außerdem etwas Hübsches aufführen.

Fräulein Neuhaus hatte mit ihren Kindern einen alten Holzschuhtanz eingeübt. Die Mädchen trugen weiße Blusen, rote Röckchen und schwarze Mieder, die Jungen weiße Hemden, schwarze Westen und gelbe Hosen. Außerdem sollten sie eine Bude mit Süßwaren haben und verkaufen. Nun war Katrin so kurz vor dem Fest hinzugekommen und konnte nicht mittanzen. Katrin bekam ganz traurige Augen, weil sie ausgesperrt war.

„Weißt du, Katrin, dafür darfst du dann während der Aufführung ganz allein in unserer Bude verkaufen“, tröstete Fräulein Neuhaus sie.

„Mein Großvater hat einen Süßwarenstand, und ich habe schon oft allein verkauft“, sagte sie stolz. Aber noch lieber, als in der Bude zu verkaufen, hätte sie mittanzen mögen, weil sie auch so gern ein hübsches Kostüm angezogen hätte.

„Das kannst du trotzdem, Katrin“, sagte Fräulein Neuhaus, „damit jeder sieht, daß du zu unserer Klasse gehörst.“

Es sollte eigentlich ein Geheimnis bleiben, was jede Klasse aufführen und was für eine Art von Bude sie aufbauen würde. Aber es war unmöglich, das geheimzuhalten. Wenn auf dem Schulhof geprobt wurde, waren die Fenster in den Klassen von neugierigen Gesichtern besetzt, und auf den Mauern erschienen wie herbeigezaubert eine Menge Buben und Mädel.

Eine Woche vor dem Fest begannen die Kinder für ihre Buden zu sammeln. Mit schüchterner Stimme bat Katrin Tante Pauline um ein paar Mohrenköpfe für ihren Stand. War die Tante auch nicht mehr ganz so barsch wie früher, so lehnte sie doch ab, ihr gutes Geld für Firlefanz auszugeben. Traurig überlegte Katrin, daß sie allein mit leeren Händen dastehen würde. Da fiel ihr das Geldstück ein, das August Masarek ihr zum Abschied gegeben hatte. Davon wollte sie ein paar süße Sachen kaufen.

Peter vergaß in den letzten Tagen ganz, daß seine kleine trostbedürftige Freundin Tür an Tür mit ihm wohnte. Nicht einmal morgens wartete er auf sie, um mit ihr in die Schule zu gehen. Er hatte Wichtigeres zu tun, als ihr nachmittags bei den Rechenaufgaben zu helfen. Das große Geheimnis war, daß seine Klasse einen kleinen Esel abrichtete. Er sollte seine Kunststücke auf dem Schulfest zeigen.

Peters Banknachbar stammte von einem Bauernhof am Stadtrand. Er hieß Rudolf und war ein Tiernarr. Von seinem Onkel, der ein richtiges Bauerngut besaß, hatte er einen kleinen Esel geschenkt bekommen. Ein Zirkus hatte einmal auf dem Gut überwintert und hatte dem Onkel den Esel geschenkt, weil dieser sehr krank war und keine Aussicht bestand, daß er gesund würde. Aber Rudolfs Onkel liebte das Tier und setzte alles daran, es gesundzupflegen. Und seine Mühe war belohnt worden. Der Esel erholte sich sehr schnell. Als Rudolf im letzten Jahr die Sommerferien bei seinem Onkel verlebte, erwachte er eines Nachts, weil der Mond ihm mitten ins Gesicht schien. Er stand schlaftrunken auf und schaute zum Fenster hinaus auf die Wiese. Er riß die Augen weit auf, denn dort unten tanzte der kleine Esel der Zirkusleute, und der schwarze Kater Donald machte Musik dazu, natürlich Katzenmusik, aber Rudolf fand sie wunderschön.

Am Morgen am Kaffeetisch erzählte Rudolf von seinem nächtlichen Erlebnis. Der Onkel lachte:

„Es war Vollmond, mein Lieber, du scheinst mondsüchtig zu sein.“

Rudolf schwieg. In der nächsten Nacht stellte er den Wecker, denn von selbst wurde er nicht mitten in der Nacht wach, und er wollte sich überzeugen, ob es ein Traum oder Wirklichkeit gewesen war. Der Wecker rasselte, Rudolf erwachte und lief zum weit offenstehenden Fenster. Der kleine Esel lag auf der Wiese und schlief. Auf seinem Rücken schlummerte zusammengerollt der Kater.

„Hab‘ ich das denn wirklich nur geträumt?“ murmelte Rudolf enttäuscht. Lange blieb er so stehen und

atmete den herben Duft des Grases ein, als der Kater von des Esels Rücken sprang und sein Konzert begann. Das Grautierchen erhob sich, begann sich auf die Hinterbeine zu stellen und tänzelte im Kreis herum.

Lange blieb Rudolf wach in seinem Bett liegen. Er überlegte, wie er seinen Onkel dazu bewegen könnte, ihm den kleinen Esel zu überlassen. Eines Morgens fragte er geradezu:

„Ich möchte den Esel von dir kaufen, Onkel, was müßtest du für ihn haben?"

„Oho!" lachte der Onkel mit seiner Baßstimme. „Wieviel Geld hast du denn gespart?"

„Ich? Oh, fünf Mark!" stotterte Rudolf verwirrt. „Aber ich könnte in den Ferien doch gut hier mitarbeiten, bis ich den Kaufpreis abverdient habe."

Der Onkel lachte noch dröhnender als vorher. Aber er sagte doch:

„Darüber läßt sich reden. Du kannst gleich mit ins Feld fahren. In der Erntezeit können wir jede Hand gebrauchen, die hilft."

Und so kam es, daß Rudolf am Ende der Ferien mit seinem Esel heimziehen konnte. In seiner Freizeit war er draußen auf der Wiese bei seinem Esel, den er inzwischen Ronald getauft hatte, und während der Wintermonate im Stall. Er spielte auf seiner Mundharmonika. Anfangs waren alle Versuche, Ronald zum Tanzen zu bringen, vergebens. Anscheinend brauchte er dazu die Katzenmusik des schwarzen

Katers. Rudolf verlor nicht den Mut. Und seine Ausdauer wurde belohnt. Ronald tanzte bald nach seiner Mundharmonika.

Eigentlich hatte Rudolf den Gedanken angeregt, das Schulfest einmal ganz anders zu gestalten. „Könnten wir nicht Zirkus oder Kirmes spielen?“ hatte er den Rektor gefragt. „Ich habe nämlich einen Esel, der Kunststücke macht.“

„Wirklich, Junge, die Idee ist großartig“, hatte der Rektor geantwortet, und er hatte den Plan mit den übrigen Lehrern und Lehrerinnen überlegt. Es hagelte nur so von Vorschlägen. Na, das mußte ein Fest geben, wie es noch keine Schule auf die Beine gebracht hatte!

„Du, Peter, ich bringe Ronald noch bei, wie er vor einer bestimmten Spielkarte haltmacht“, flüsterte Rudolf seinem Banknachbarn zu. „Ich muß sagen, daß er es schon kann. Kommst du heute nachmittag?“

Das ließ Peter sich nicht zweimal sagen, und Katrin schaute ihm traurig nach, wenn er von da ab täglich wie der Wind die Treppen hinabsauste und die Haustür hinter ihm laut ins Schloß fiel.

Aber heute war Katrin fröhlich. Ein Mädchen aus der Oberklasse hatte das Kostüm für sie genäht, und nun stand sie vor dem Spiegel und drehte sich im Kreis und bewunderte sich. Sie sah auch wirklich entzückend aus.

Endlich brach der Morgen des Schulfestes an. Der Himmel war blau wie ein See. Nur hier und da sah man kleine weiße Wolkeninseln. Die großen Buben und die Lehrer werkten in aller Frühe auf dem Sportplatz. Auch ein paar Väter hatten sich eingefunden. Sie bauten die Buden und Stände auf. Der Rektor hatte einen Plan gezeichnet. Jeder Stand hatte seinen bestimmten Platz, und so konnte alles reibungslos vor sich gehen, das heißt, hier schrie jemand nach einem Hammer, dort nach einer Zange, einer suchte eine Rolle Draht, der andere die Böcke für die Tische in den Buden.

Aber als die Mädchen mit ihren Lehrerinnen kamen, beladen mit Körben und Taschen und Kästen, war in den Buden alles in Ordnung. Fräulein Neuhaus überließ Katrin das Füllen des Tisches.

„Hierhin kommen die Mohrenköpfe, Elisabeth", ordnete sie an. „Nein, Gretel, die Zuckerstangen sind dort hinten nicht zu sehen, die müssen ins Auge springen. Du mußt doch an die kleinen Kinder denken, die uns besuchen werden. Sie wollen doch was sehen, und Zuckerstangen mögen sie am liebsten."

Katrin hatte glühende Backen vor Eifer. Sie hatte auch die meiste Ausdauer. Die anderen liefen immer mal zwischendurch weg, um sich eine andere Bude anzuschauen.

„Klasse drei hat ein Glücksrad aufgebaut. Es gibt hübsche Preise. Wenn der Zeiger auf einer roten Zahl stehen bleibt, hat man gewonnen", erzählte Elisabeth.

„Du, Katrin, Peters Klasse hat eine leere Bude.

Was ist denn mit den Jungen los? Sie sitzen faul im Sand und lachen jeden aus, der neugierig hereinschaut. Sag bloß mal, was die vorhaben", fragte eine ihrer Mitschülerinnen.

„Weiß nicht!" Katrin zog die Schultern hoch.

„Wirklich nicht?" Das Mädchen schaute Katrin mißtrauisch an. „Ihr seid doch sonst so dicke Freunde, Peter und du."

„Schon lange nicht mehr", antwortete Katrin traurig. „Er steckt nur noch bei seinem Freund Rudolf."

„Wir werden es schon früh genug erfahren", sagte Elisabeth und ging weiter Katrin zur Hand.

Aus dem Lautsprecher tönte die Stimme des Rektors. Er gab das Zeichen zum Aufstellen für den Umzug durch die Straßen. Als alle Buben und Mädel in Reih und Glied standen, gaben sie in ihren bunten Kostümen ein farbenprächtiges Bild. Zwei Männer von der Zeitung waren gekommen, um zu fotografieren. Fräulein Neuhaus besaß eine Filmkamera und filmte fleißig. Dem Zug vorauf ging die Musik. Es waren Mädchen und Jungen mit Flöten und Gitarren. Viele Menschen säumten die Straßen.

Auf dem Sportplatz rollten die Spiele und Tänze ab. Jede Klasse erntete viel Beifall. Und dann strömten die Kinder zu den Buden. Katrin stand hinter dem Süßwarenstand mit drei anderen Mädchen aus ihrer Klasse. Sie konnten gar nicht aufgucken, so viel hatten sie zu tun, um alle Großen und Kleinen zu bedienen. Katrin war selig. Das Geschäft ging über

Erwarten gut. Wenn es so weiterlief, hatten sie schon am Vormittag alles ausverkauft. Sie seufzte. Dann würde sie wie die anderen von einer Bude zur anderen laufen können. Zuerst wollte sie Peters Schau sehen. Sie hörte Wunderdinge von den Kindern, die schon dort gewesen waren. Sie hatten einen Esel, der tanzen konnte, und — o Wunder — er konnte Spielkarten lesen. Das mußte sie selbst sehen.

Elisabeht hatte am Glücksrad eine kleine Vase gewonnen. „Ist sie nicht wunderhübsch?“ fragte sie. Katrin nickte. „Eine große Waffel!“ hatte gerade ein kleiner Junge verlangt, und sie händigte sie ihm aus.

Endlich kam die Ablösung für Katrin. Mit Elisabeth lief sie zu Peters Bude hinüber. Aber ihr dürft nicht denken, daß sie einfach hineingehen konnte. Vor der Bude war ein dichtes Gedränge. Die Geschichte von dem Wunderesel hatte sich schnell herumgesprochen. Alle wollten seine Kunststücke sehen, und mehr als zehn Personen gingen nicht in das Zelt hinein, denn der Esel brauchte Platz für seine Kunststücke. Es war sehr heiß, und die Leute schoben und drängten. Einmal sah Katrin Peters erhitztes Gesicht im Eingang auftauchen.

„Peter! Peter!“ rief sie. Er schlängelte sich durch die Wartenden, ergriff Katrins Hand und zog sie mit sich hinter das Zelt. Er hob die Plane an und ließ Katrin in das Zelt kriechen. Sie richtete sich auf. Was sie sah, verschlug ihr die Stimme. Der kleine Esel stand auf zwei Beinen und tanzte.

Peter legte Spielkarten in die Runde, und Rudolf, in bunte Gewänder gehüllt wie ein Zauberer, führte seinen Esel in die Runde. „Wo liegt das Herz-As?“ fragte er. Katrin riß die Augen weit auf, als der Esel vor der richtigen Karte stehen blieb. Sie wurde aus dem Zelt geschoben, neue Besucher strömten herein. Katrin lief mit den anderen von einer Bude zur anderen. Tante Pauline hatte ihr zwei Groschen geschenkt. Sie versuchte es am Glücksrad. Für fünf Pfennig durfte man einmal drehen. Katrin preßte beide Daumen, als das Rad surrte, und wirklich blieb der Zeiger auf einer roten Zahl stehen, und sie bekam einen klitzekleinen Teddybär. Da freute sie sich über die Maßen. Auch ein Glückslos kaufte sie, aber es war eine Niete. Da war sie traurig, weil ihr nur noch ein Groschen blieb. Den hielt sie sehr fest, denn sie wollte noch einmal in das Zelt zu Peter und Rudolf, um den Esel tanzen zu sehen.

Abschluß und Höhepunkt des Schulfestes war der Ballonflug. Jedes Kind bekam einen Luftballon ausgehändigt und befestigte an einem Haken am Mundstück eine Postkarte mit seiner Adresse. Wie weit sie wohl fliegen würden? Wer wohl Antwort bekam?

Katrin wartete mit ihrer Klasse. Jetzt am Schluß des Festes war sie traurig und voller Heimweh. In den letzten Tagen hatte sie den kranken Großvater ganz vergessen. Wie mochte es ihm gehen? Sie wollte zu ihm. Sie mußte ihn wiedersehen. Katrin schlängelte sich durch die Kinderreihen zu Fräulein Neuhaus. „Bitte, Fräulein, können Sie mir einen Bleistift leihen? Ich muß noch etwas auf meine Karte schreiben."

„Jetzt noch?" fragte Fräulein Neuhaus aufgeregt. „Hier, beeil dich, wir sind gleich an der Reihe. Es darf keinen Aufenthalt geben."

„Bück dich mal, Elisabeth", bat Katrin, und sie legte die Karte auf den Rücken der Freundin.

„An Janos und Marie von der Schießbude auf der Kirmes", schrieb sie. „Bite holt mich, ich habe Heihmwee nach Grosfater." Ja, die Worte steckten voller Fehler. Aber Katrin hatte ja in den Sommermonaten wenig Unterricht gehabt und war von einer Schule zur anderen gekommen. Darum braucht man sich nicht zu wundern, daß sie noch so viele Fehler macht.

„Bist du endlich fertig?" fragte Elisabeth.

„Ja, jetzt!" antwortete Katrin.

„Laß mal sehen, was du geschrieben hast", bat Elisabeth, aber Katrin schüttelte heftig den Kopf.

„Hallo, Elisabeth und Katrin, schlaft nicht, ihr seid an der Reihe!" mahnte Fräulein Neuhaus. Da liefen die beiden los und nahmen ihren Luftballon in Empfang, Elisabeth einen roten und Katrin einen blauen.

„Meiner ist so rot wie Mohn", freute sich Elisabeth.

„Und meiner so blau wie der Himmel", antwortete Katrin, „und er soll auch so hoch fliegen, wie der Himmel ist, weil er sehr weit kommen muß."

„Wie weit?“ fragte Elisabeth neugierig, weil ihr einfiel, daß Katrin noch etwas auf die Karte geschrieben hatte. Aber Katrin schwieg.

Die Klassen standen in Reihen nebeneinander, alle trugen noch die hübschen Kostüme, und jedes Kind hielt jetzt in der Hand einen bunten Luftballon.

Am Mikrophon stand der Rektor. „Ich zähle jetzt bis drei“, sagte er, „und bei drei laßt ihr eure Ballons los.“ Viele Kinder waren so aufgeregt, daß sie jetzt schon die Hand öffneten und die Ballons vorzeitig entwischten.

„Eins! Zwei! Drei!“ zählte der Rektor. Da hoben sich die Ballons in die Luft, rote, grüne, blaue, gelbe. Alle Menschen hoben die Köpfe und sahen ihnen nach. Der Wind trug sie nach Westen, wo die Sonne schon einen tiefen Stand erreicht hatte.

„Meiner fliegt am höchsten!“ jauchzte Katrin, die nur den ihren im Auge behalten hatte.

„Wie willst du das wissen?“ fragte ein Mädchen. „Ich konnte meinen gar nicht verfolgen, weil es so viele sind. Man wird ganz verwirrt.“ Aber Katrin starrte immer noch hinter ihrem Ballon her. Er wurde immer kleiner und kleiner. Jetzt flog ein Vogel an ihm vorbei. Hoffentlich pickt er ihn nicht an! dachte Katrin voller Schreck. Aber nein, ihr Luftballon flog weiter. Nur wenige hatten die gleiche Höhe erreicht. Manche gingen schon unweit des Sportplatzes nieder. Einige zersprangen mit einem Knall in der Luft.

Jedes Kind hätte gern gewußt, wie weit sein Luftballon geflogen war, wer ihn gefunden hatte und ob es Antwort bekommen würde. Am gespanntesten war Katrin. Ob der Finder die Postkarte an Janos und Marie weitergeben würde? Jetzt zweifelte sie daran, denn sie hatte keine Stadt angeben können. Sie wußte nicht, wo im Augenblick Kirmes war. Vielleicht fiel ihr Luftballon auch in einen See oder blieb in einem hohen Baum hängen. Und wie Katrin sich immer neue Möglichkeiten ausmalte, wurde sie trauriger und trauriger und weinte schließlich herzzerbrechend.

„Das Kind ist übermüdet", sagte Fräulein Neuhaus zu Tante Pauline. „Stecken Sie es gleich ins Bett. Sie hat so fleißig in unserer Bude gearbeitet. Ich glaube, sie wird mal eine sehr tüchtige Verkäuferin." Fräulein Neuhaus strich über Katrins Haar.

„Hör sofort auf zu weinen, was sollen die Leute denken!" sagte Tante Pauline ärgerlich. „Wir sind gleich daheim, dann kannst du sofort zu Bett gehen."

Katrin zog sich sehr flink aus. Sie wollte nichts essen und nichts trinken. Als Tante Pauline einmal auf den Flur hinausging, holte Katrin Fellchen aus dem Korb am Ofen und nahm es mit ins Bett. Sie kuschelte ihre Wange an das Tierchen und flüsterte: „Glaubst du, daß die Karte Marie erreichen wird?"

„Miau", antwortete das Kätzchen.

Da drückte Katrin es und sagte: „Ich hab' dich sehr lieb, Fellchen."

## Die Nachricht in der Buche

Erich Knorke stand mit seinem kleinen Handwagen und seiner Traube Luftballons verloren neben der Schießbude von Janos und Marie. Er dachte an Großvater Michaelis, der viel schlimmer krank war, als sie alle geahnt hatten. Die Rippenfellentzündung machte ihm schwer zu schaffen. Was wohl Katrin anfing?

Es war sehr still auf dem Kirmesplatz. In der Mittagszeit war an Montagen nicht viel zu tun. Da saßen alle Menschen, die in festen Häusern wohnten, hinter dem Tisch und verzehrten ihr Mahl. Erich Knorke verspürte Hunger — einen Bärenhunger!

„He, Marie!" rief er zur Schießbude hinüber. „Marie, gehst du mir zwei Würstchen holen? Mein Magen knurrt, daß er mir die Kunden vertreibt."

Marie lachte leise: „Ich wollte für mich und Janos auch welche holen. Also kann ich gleich deinen Teil mitbringen." Sie ließ sich von Erich Knorke zwei Mark geben und schlenderte gemächlich zur Würstchenbude hinüber.

„Kannst du nicht langsamer gehen?" rief Herr Knorke hinter ihr her.

„Noch langsamer? Schlecht, Herr Knorke!" spottete sie zurück.

Marie kam mit den Würstchen. Erich nahm seine in Empfang und biß gleich hinein. „Das vertreibt die traurigen Gedanken“, sagte er und kaute an seinem Stück Wurst.

„Mit vollem Mund spricht man nicht“, rügte Marie, „und seit wann hat Erich Knorke traurige Gedanken?“

„Hör mal auf zu spotten, Marie“, sagte er ernst, „mir fehlen eben Großvater Michaelis mit seinem Stand und unsere kleine Katrin. Mußt du auch immerfort an die beiden denken, Marie?“

Sofort hörte Marie auf zu lachen. „Ja, Erich“, sagte sie ernst, „mir fehlen die zwei so sehr wie dir. Was Katrin wohl macht? Ihre Tante mag Kinder nicht. Aber ich denke, unsere süße Kleine wird ihr Herz wohl angerührt haben, was meinst du?“

„Ich denke, ich mache mal einen Umweg und besuche sie.“

„Nein, nein, Tante Pauline wirst du als Besuch nicht willkommen sein mit deinem Handwagen und — und . . .“

„Geh, Marie, jetzt schämst du dich meiner, das ist nicht schön von dir. Ich bin eben ein Vagabund und kriege in einem Haus mit engen Zimmern einfach keine Luft.“

„Ich will dich ja gar nicht ändern, Erich. Meinetwegen bleib du bis an dein Lebensende ein Vagabund. Aber in Tante Paulines Augen wärest du ein Strolch, wenn du bei ihr aufkreuzen würdest, unrasiert und, ich fürchte, auch ungewaschen.“ Sie lachte schon wieder.

„Na, für die alte Dame würde ich meinen Bart schon scheren, Marie, und zur Not würde ich mir auch noch den Hals hübsch blütenweiß waschen, damit ich meine Kameraden vom Rummelplatz nicht blamiere. Aber ich glaube, ich lasse es lieber bleiben und kreuze nicht bei Katrin auf."

„Recht so, Erich. Sobald es Großvater Michaelis auch nur ein bißchen besser geht, daß der Arzt Hoffnung gibt, schreibe ich Katrin sofort. Was sollte ich denn schreiben? Sollte ich dem Kind das Herz schwermachen oder es anlügen? Nein, je weniger Katrin von uns hört, desto eher vergißt sie uns." Marie ging zu Janos in die Schießbude.

„Ihr steht und quatscht, Erich und du, und jetzt kann ich dafür kalte Würstchen essen", knurrte Janos.

„Ach, du, wenn du hungrig bist, schmecken sie auch kalt", sagte Marie. „Wir haben über Michaelis und Katrin gesprochen. Erich wollte bei Tante Pauline aufkreuzen, und das mußte ich ihm ausreden."

„Aber du könntest mal fahren, wenn wir in der Nähe sind", sagte Janos nachdenklich.

„Ich habe auch schon daran gedacht, Janos." Sie schwiegen beide und aßen nachdenklich ihre Würstchen.

Es war der letzte Kirmestag, an dem es zu diesem Gespräch kam. Am nächsten Morgen nahm Erich Knorke seinen Handwagen, sagte Marie und Janos adieu und zog nach allen Seiten winkend vom Kirmesplatz. Er ging die Landstraße in Richtung des nächsten Ortes, der sein Ziel war, entlang. Als er die letzten Häuser hinter sich gelassen hatte, pfiff er vor sich hin. Immer, wenn er weit draußen war, überkam ihn mächtige Freude. Er ließ seinen Handwagen am Straßenrand stehen und setzte sich in den Graben. Aufmerksam glitten seine Blicke über blühende Gräser, über Blumen und Käfer. Er sah den Schmetterlingen nach, die ihn umgaukelten, hörte den Bienen zu, die summend von Blüte zu Blüte flogen. Ja, solch ein Mensch war der Vagabund Erich Knorke. Er liebte alles, was wuchs, und alle Tiere, selbst die unscheinbar kleinen sirrenden Mücken. Weil er aber irgendwie seinen Lebensunterhalt verdienen mußte, verkaufte er auf den Jahrmärkten Luftballons. Es machte ihm Spaß, sie den Kindern auszuhändigen, die mit großen, strahlenden Augen zu ihm aufsahen.

„Wenn Katrin zurückkommt, kriegt sie meinen schönsten und größten Luftballon", murmelte er. „Was sie nur macht ohne ihre geliebten Ballons? Und ohne Großvater Michaelis' schöne Geschichten? Was sie nur macht? Sicher hat sie großes Heimweh."

Erich versuchte, ein Liedchen zu pfeifen, um auf andere Gedanken zu kommen, aber es gelang ihm nicht. Da stand er auf, griff seinen Handwagen und zog weiter, bis er zu einem großen Buchenwald kam. Das Herz ging ihm auf, als die Sonne leuchtend auf den Stämmen der Bäume lag und durch die Blätter flirrte, daß sie grüngolden aussahen. Er ließ den

Wagen stehen und warf sich unter einer jungen Buche auf den Boden und schaute hinauf und fühlte sich wieder froh. Er schlief ein und träumte, Katrin tanze mit vielen Kindern um die Buche.

Als Erich Knorke erwachte, mußte er sich erst besinnen, wo er war. Er blinzelte in die Blätter des Baumes, mußte die Augen wieder schließen, weil er sich erst an das Flirren des Sonnenlichtes gewöhnen mußte, öffnete sie und schloß sie im Wechsel. Er lachte glucksend. Endlich konnte er sie offenhalten.

Oben im Baum hing etwas an einem Zweig. Erich Knorke starrte angestrengt empor. Zuerst hatte er gedacht, es sei ein Vogel. Aber jetzt konnte er deutlich unterscheiden, daß es ein Fetzen war, irgendein Stoffrest.

„Nein, nein, etwas anderes ist es!" Erich Knorke sprang auf und schaute angestrengt empor. „Verflixt! Wenn das nicht ein Luftballon ist mit 'ner Karte dran!" Er wurde unruhig. „Kann ich denn in den Baum klettern, um so'n dummes Ding da herauszuholen?" fragte er sich.

Aber es ließ ihm keine Ruhe. Etwas in ihm bohrte und bohrte, und Erich Knorke begann, an dem schlanken Stamm hinaufzuklettern. Als er in Höhe des Zweiges war, an dem der Luftballon mit der Karte hing, hielt er inne und wischte mit dem Ärmel über die Stirn, während er mit einem Arm den Stamm umklammerte. Dann zog er sich auf einen Ast und versuchte vorsichtig, den Zweig zu sich her

anzuziehen. Einen Augenblick später hielt er den Luftballon, dem das Gas ausgegangen war, in seiner Hand und starrte ungläubig auf die Karte mit dem Absender. Es stand wirklich und wahrhaftig Katrins Adresse darauf. Katrins Absender? „Erich, du hast zu tief ins Glas geguckt!“ schalt der Mann sich. Er guckte wieder, aber es stand ganz deutlich da: Katrin Michaelis.

„Wenn das nicht ein Wink des Himmels ist . . .“ murmelte Erich Knorke und blieb nachdenklich auf seinem Ast sitzen. Er spürte mächtiges Heimweh nach Katrin. Er würde einen Umweg machen, um sie zu sehen. Nur einen Augenblick wollte er mit ihr sprechen, mehr nicht. Er mußte sich ohnehin beeilen, um am Samstag rechtzeitig wieder auf dem Rummelplatz zu sein.

Zum erstenmal verspürte er Lust, sich einfach in einen Zug zu setzen und zu dem Kind zu fahren. Aber Erich Knorke mußte schön zu Fuß tippeln, Kilometer um Kilometer. Mit dem Geld, das er für die Luftballons bekam, mußte er neue Ware kaufen und sich in Sommer und Winter ernähren. Da gab es keinen überflüssigen Groschen für die Eisenbahn.

An diesem und dem folgenden Tag marschierte er bis in den späten Abend hinein, seinen Handwagen hinter sich herziehend. Er gönnte sich nur ab und zu eine kurze Rast. Am Abend des zweiten Tages erreichte er die Stadt, in der Tante Pauline lebte. In der freudigen Erregung dachte er nicht daran, daß er unrasiert war. Er dachte auch nicht daran, daß ein kleines Mädchen wie Katrin um diese Zeit schon im Bett lag und schlief. Erich Knorke stellte seinen Handwagen vor dem Haus von Tante Pauline ab und drückte auf den Klingelknopf neben dem Namensschild: Pauline Michaelis. Er nahm den Finger gar nicht mehr herunter, und das Geläute schrillte durch das Haus. Tante Pauline, die sehr früh zu Bett ging, weil sie morgens um vier Uhr wieder aus den Federn mußte, sprang erschrocken auf, warf einen Morgenrock über und drückte auf den Knopf, der die Tür öffnete. Dann trat sie auf den Flur hinaus und beugte sich über das Geländer. Da kam ein Mann die Treppe herauf. Er sah aus — nun, wie ein Vagabund, unrasiert und ungewaschen. Tante Pauline schrie auf. Sie war wie gelähmt vor Schreck.

„Guten Abend, Tante Pauline, ich bin Erich Knorke, ein Freund Ihres Bruders. Ich sehe, ich habe Ihnen einen schönen Schrecken eingejagt. Es tut mir leid, gute Frau, aber vor lauter Eile habe ich vergessen, mich zu rasieren. Ich wollte nur Katrin guten Abend sagen und wieder verschwinden. Und wenn Sie eine Tasse Kaffee für einen müden Wanderer hätten, würde ich nicht nein sagen."

Diese lange Rede ließ Fräulein Michaelis so viel Zeit, daß sie sich von ihrem Schreck erholen konnte. „Verschwinden Sie sofort!" zischte sie zornig. „Ich wußte nicht, daß mein Bruder solche Freunde wie Sie hat. Und das Kind werden Sie nicht sehen. Das soll Gott verhüten. Wir sind hier anständige Menschen und keine Zigeuner. Und jetzt gehen Sie, sonst rufe ich um Hilfe."

„Nicht nötig", sagte Erich Knorke traurig, „nicht nötig, gute Frau. Ich bin fünfzig Kilometer zu Fuß hierhergewandert, um das Kind wiederzusehen. Aber ich gehe wieder. Diesen Luftballon können Sie der Kleinen mit einem schönen Gruß von ihrem Freund Erich Knorke geben."

„Den nehmen Sie nur wieder mit, das Kind braucht keine Geschenke von Ihnen!" Tante Pauline knallte die Tür zu.

Erich Knorke ließ die Schultern hängen. Jetzt spürte er erst, wie entsetzlich müde er war. Eine Tasse Kaffee hätte ihn wieder aufgemuntert. „Alter Besen!" knurrte er wütend. Er dachte nicht daran, daß ihn alle Leute nur nach seinem Äußeren beurteilten. Sie konnten ja nicht in ihn hineinsehen, um zu entdecken, welch ein goldenes Herz er besaß. Es war nur gut, daß Tante Pauline am Stadtrand wohnte und Erich Knorke nicht weit zu gehen hatte, um an ein Gehölz zu kommen. Er suchte sich ein geschütztes Plätzchen zwischen den Bäumen und legte sich müde hin. Sofort fielen ihm die Augen zu, und er schlief tief und fest.

Die Sonne weckte ihn am Morgen. Er stand auf und taumelte. Es war höchste Zeit, daß er etwas in den Magen bekam. Ein bißchen Geduld würde er haben müssen, ehe die Bäckereien öffneten. Ein paar frische, noch warme Brötchen würde er sich kaufen. Das Wasser lief ihm im Mund zusammen, wenn er daran dachte. Aber zunächst wollte er das andere erledigen. Er wollte Katrin guten Morgen sagen, ganz einfach auf der Straße. Ganz so tun würde er, als komme er gerade daher. Erich Knorke lachte schon wieder. So leicht ließ er sich von nichts und niemandem unterkriegen. Mit seinem Wägelchen zog er los, bis er die Straße erreichte, in der Tante Pauline wohnte. Er setzte sich an der Straßenecke auf seinen Wagen und wartete geduldig. Den neugierigen Blicken der Vorübergehenden schenkte er keine Beachtung.

Endlich begannen die Schulkinder aus den Häusern zu strömen. Und da kam auch Katrin. Ein Junge ging an ihrer Seite. Sie schwatzten und lachten, und es fiel Erich Knorke ein Stein vom Herzen, als er Katrin so munter sah. Jetzt erblickte sie ihn. Sie stutzte einen Augenblick. Dann lief sie auf ihn zu. „Onkel Knorke! Onkel Knorke!" schrie sie glücklich und hing an seinem Hals.

„Katrin! Katrin, komm doch!" sagte Peter, der Katrin begleitet hatte und nun neben ihr stehen blieb.

„Ach, Peter, das ist doch Onkel Knorke, der mir immer die schönen Luftballons schenkt. Ich habe doch von ihm erzählt." Sie lachte fröhlich.

„Wir kommen zu spät", drängte Peter.

„Das macht mir gar nichts aus", antwortete Katrin.

„Nee, nee, Kind, ich will nicht, daß dich die Lehrerin meinetwegen schilt. Geh nur schon. Ich freue mich, daß es dir hier gutgeht und du Freunde hast. Ich mache mich sofort aus dem Staube. Aber einen Luftballon will ich dir noch schenken." Er zog einen aus der Tasche und schloß ihn an die Gasflasche an. Viele Kinder blieben stehen und sahen zu, wie der Ballon rund und runder wurde und herrlich rot aufleuchtete. „So, kleines Fräulein", sagte Erich Knorke, „bleib schön gesund und komm bald wieder."

In ihrer großen Freude und Verwirrung hatte Katrin vergessen, nach dem Großvater zu fragen. „Oh, Onkel Knorke, was macht mein Großvater?" fragte sie atemlos.

„Es geht ihm besser", antwortete Erich Knorke hastig. „Viele Grüße auch von Marie und Janos! Und Marie will herkommen und dich besuchen! Ich muß jetzt gehen, leb wohl!" Mit einem Ruck zog er den Wagen an. Die Kinder zerstreuten sich. Nur Katrin lief neben ihm her, den Luftballon am Bindfaden in der Hand.

„Erzähle mir von allen!" bat Katrin.

„Da gibt es nichts zu erzählen, Kind. Lauf zur Schule, ich hab' es jetzt eilig. Bald kommen wir in die Nähe dieser Stadt. Ja, ja, das wollte ich dir noch sagen. Gut, daß ich es nicht vergessen habe. Marie wird dir schreiben. Lauf jetzt, die Lehrerin wird schelten, und ich will nicht, daß jemand meinetwegen mit dir schimpft."

„Schimpfen tut doch nicht weh", lachte Katrin. „Ich bin so froh, daß ich dich wiedergesehen habe.

Und vergeßt nicht zu schreiben, wenn ihr hier in der Nähe seid. Auf Wiedersehen! Auf Wiedersehen!" Katrin blieb stehen und winkte, solange sie Erich Knorke sehen konnte. Von Zeit zu Zeit sah er sich um und winkte zurück.

Katrin kam zu spät in die Schule, und dazu noch mit einem Luftballon in der Hand. Das erinnerte Fräulein Neuhaus an den ersten Tag, an dem sie so erschienen war, ängstlich und scheu. Wie war sie anders geworden!

„Ich konnte nicht eher kommen, ich hatte Besuch!" sagte sie mit glänzenden Augen, ohne eine Spur Angst vor Strafe. „Und den Luftballon hat Onkel Knorke mir geschenkt."

„Er sah aus wie ein Vagabund!" rief eins der Kinder in die Klasse.

Mit blitzenden Augen wandte Katrin sich zu der Ruferin um. „Gar nicht, gar nicht, er ist der beste Onkel von der Welt. Er war nur nicht rasiert, weil er es eilig hatte, bah!"

„Wir wollen nicht streiten! Flink, Katrin, setz dich in deine Bank, daß wir beginnen können. Den Luftballon läßt du los. Er kann unter der Decke bleiben. Aber wehe, wenn du unaufmerksam bist und dauernd zu ihm hinschielst! Dann lassen wir das Gas heraus, und du steckst ihn in deine Kleidertasche."

Erich Knorke war vor dem nächsten Bäckerladen stehen geblieben. Er war voller Leute, die alle Brötchen zum Frühstück holten.

„Was wünschen Sie?“ fragte der Bäcker Erich Knorke unfreundlich, weil er dachte, er wolle am frühen Morgen schon betteln.

„Fünf Semmeln, bitte“, verlangte Erich Knorke höflich und legte das Geld dafür auf die Theke. Die Leute neben ihm wichen zurück und sahen ihn verächtlich an.

„Ich beiße keinen“, brummte er und verließ mit seiner Tüte den Laden. Draußen biß er sofort in ein Brötchen. Ach, tat das gut! Aber er blieb nicht stehen. Nur fort von den Menschen, für die jeder, der keinen guten Anzug trug, ein Strolch und Taugenichts war. Erst als er die Stadt hinter sich gebracht hatte, hielt Erich Knorke lange Rast. In Gedanken wiederholte er die Begegnung mit Katrin. Er erinnerte sich, wie glücklich sie ihn umarmt hatte, ohne sich auch nur ein bißchen seiner zu schämen. „Für das Kind sorgt er gut, der alte Besen“, murmelte Erich Knorke in Erinnerung an den abendlichen Empfang bei Tante Pauline. „Adrett sah das Kind aus, wirklich adrett. Und gefreut hat es sich!“ Erich Knorke sah wieder die glänzenden Augen vor sich, in denen nichts als Freude zu lesen gewesen war.

Erst am Samstag gegen Mittag trudelte Erich Knorke auf dem Kirmesplatz ein, auf dem die Freunde schon ihre Buden und Karussells aufgebaut hatten. Still, mit gesenktem Blick kam er, während er sonst mit Zurufen und Scherzen die anderen zu begrüßen pflegte. Marie sah ihn kommen.

„Das schlechte Gewissen schaut dir aus jedem Knopfloch, Erich Knorke", empfing sie ihn. „Wo warst du — oder vielmehr, was hast du angestellt?"

„Ich habe Katrin aufgesucht!" antwortete er kleinlaut.

„Dachte ich es mir doch!" polterte sie los. „Und Tante Pauline hat dich hinausgeworfen?"

„Ja, das hat sie, die alte Schachtel, aber für das Kind sorgt sie gut."

„Du hast Katrin gesehen?" fragte Marie.

„Und gesprochen!" Erich Knorkes Augen bekamen Glanz. „Die haben sie in der Stadt kein bißchen verdorben, Marie, das kannst du mir glauben. Sie ist mir vor allen Kindern um den Hals geflogen, und sie hat sich kein bißchen geschämt, obwohl ich aussah — aussah wie ein . . ."

„Sprich schon zu Ende: wie ein Vagabund! Ja, und so siehst du auch jetzt noch aus. Verschwinde sofort in unseren Wohnwagen und wasche und rasiere dich. Ein sauberes Hemd von Janos ist auch noch da. Du Strolch, du! Du Vagabund mit dem goldenen Herzen!" Marie lachte schon wieder.

Erich Knorke gehorchte, obwohl ihm das Waschen und Rasieren verhaßt war. Aber als er seinen Bart los war und ihm Gesicht und Hals schön weiß aus dem Spiegel entgegenleuchteten, dachte er befriedigt: Ich sehe eigentlich ganz nett aus, Donner und Doria, ja — genauso nett wie diese Tante Pauline und alle die anderen in dem Bäckerladen. Er zog das frische Hemd an, das Marie vorsorglich für ihn herausgelegt hatte, denn sie selbst schämte sich, wenn Erich Knorke so ungepflegt neben Großvater Michaelis‘ Stand hockte.

„Na, Marie, zufrieden?“ grinste Erich Knorke, als er vor der Schießbude erschien.

Marie musterte ihn mit schnellen Blicken. „Ja, in Ordnung! Aber ich habe eine Stinkwut, wenn ich denke, daß du wie ein Vagabund bei Tante Pauline aufgekreuzt bist, obwohl ich es dir verboten hatte. Oh, ich könnte dich wie einen Schuljungen übers Knie legen!“ Ihre Augen blitzten ihn an.

Erich Knorke lachte dröhnend. „Das laß lieber bleiben, Marie, das wäre denn doch zu anstrengend. Danke auch für das frische Hemd!“

„Schon gut!“ antwortete sie und wandte sich ein paar Burschen zu, die schießen wollten. Erich Knorke setzte sich auf seinen Wagen und begann Luftballons mit Gas zu füllen, einen nach dem anderen, eine ganze Traube von Ballons. Als er einmal in seine Hosentasche griff, fiel ihm Katrins Karte in die Hand. „Marie!“ rief er. „Hör mal, Marie!“

Marie beugte sich über den Tisch der Schießbude. „Was schreist du denn so?“ fragte sie.

„Hier! Hier, die Karte ist schuld daran!“

„Woran?“ fragte Marie.

Erich Knorke ging zu ihr hinüber. „Daß ich Katrin aufgesucht habe. Das Schönste weißt du ja noch gar nicht. Weil du mich so abgekanzelt hast, habe ich vergessen, es dir zu erzählen. Als ich am ersten Tag unterwegs war, habe ich in einem Buchenwald geschlafen. Da hing diese Karte in einem Baum.“ Er hielt sie Marie unter die Nase.

Doch sie faßte sie gar nicht an, sondern sagte: „Und natürlich ausgerechnet in dem Baum, unter den du dich gelegt hattest, nicht wahr?“

„Ja, ja!“ schrie Erich Knorke wütend, weil sie ihm nicht glauben wollte.

„Und der Postbote hat sie da oben hineingehängt, weil er wußte, daß Erich Knorke sich auf dem Weg von einem Kirmesplatz zum anderen dort schlafen legen würde! Hahaha!“ Sie lachte schallend.

„Laß das dumme Lachen“, sagte Erich Knorke wütend, „sonst erfährst du nie, wie die Karte in den Baum gekommen ist.“

Nun wurde Marie doch neugierig.

„Sie hat einen Luftballon aufsteigen lassen mit einer Botschaft für dich. Sieh hier, was steht hier? An Janos und Marie von der Schießbude!“

Marie schrie leise auf und riß die Karte an sich. „Wirklich, du hast nicht phantasiert. Oh, Erich Knorke! Ich werde zu ihr fahren. Wenn nur Großvater Michaelis die Krise überwinden würde! Ich rufe morgen früh im Krankenhaus an und frage, wie es ihm geht. Hoffentlich besser“, schloß sie seufzend.

„He, Fräulein, kann man hier schießen oder nicht?“ grölte ein Trupp Burschen. Marie wandte sich hastig den Schreienden zu und reichte ihnen die Gewehre.

## Eine große Enttäuschung

Wie war es Katrin mit ihrem Luftballon ergangen? Da sie von ihrem ersten Schultag her ihre böse Erfahrung in Erinnerung hatte, war sie nach Unterrichtsschluß als erste hinausgelaufen, in der linken Hand die Büchertasche, die rechte preßte den Luftballon fest an sich. Atemlos gelangte sie auf die Straße. Sie schaute sich um und merkte, daß ihr niemand folgte.

Tante Pauline hatte ihren Kassiertag, das heißt: Sie war den ganzen Tag auf den Beinen, um den Monatsbeitrag für Zeitungen und Zeitschriften einzunehmen. An solchen Tagen mußte Katrin für das Mittagessen sorgen. Meistens gab es eine Milchsuppe und dazu eine Semmel mit einer dicken Scheibe Wurst. Katrin hatte also heute Nudeln in Salzwasser gar zu kochen, über die dann Milch gegossen wurde, sobald Tante Pauline eintraf. Meist war es gegen zwei Uhr, weil sie viele Hausfrauen erst in der Mittagszeit erreichte. Katrin hatte also viel Zeit.

Als sie ankam, zog sie den Schlüssel hervor, den sie an einem Band um den Hals trug, und schloß auf. Sofort schoß Fellchen unter dem Schrank hervor und rieb ihren Pelz an ihren Beinen. Katrin ließ die Büchertasche fallen und auch den Luftballon los. Mit beiden Händen griff sie die Katze und drückte sie an sich.

„Denk dir nur, Fellchen, wer mich besucht hat: Onkel Knorke. Ach, Fellchen, bald wohnen wir wieder im grünen Wagen. Dann ist Großvater wieder gesund, und er wird wie immer mit seinem Süßwarenstand auf den Kirmesplätzen stehen, und wir werden ihn überall hin begleiten. Und Marie werden wir wiedersehen und Janos und die Familie Masarek und alle die anderen. Ob deine Mutter noch bei Minna Alamba ist und ihr das Rheuma vertreibt? Ach, ich möchte so viel wissen. Alles fällt mir jetzt erst ein, da Onkel Knorke fort ist und ich ihn nicht mehr fragen kann. Sieh mal den schönen Luftballon. Den hat er mir geschenkt. So, lauf du nur!" Katrin setzte Fellchen wieder auf den Boden. „Ich will mir meinen Ballon kriegen und sehen, ob er mir nicht eine schöne Geschichte erzählt. Man muß nur lange genug in ihn hineingucken, dann tut er es."

Katrin zog den Luftballon am Bindfaden zu sich herab und nahm ihn zwischen beide Hände. Sie setzte sich mit ihm in die Sofaecke und sah hinein, sehr, sehr lange. Und dann hörte sie Großvaters Stimme aus dem Ballon erklingen. „Katrin", sagte die Stimme, „hörst du mich, Katrin? Ja, ich bin's, Großvater Michaelis. Ich bin wieder gesund, das heißt, ich bin auf dem besten Wege, es zu werden. Dann hole ich dich ab, ja? Ich selbst, nicht etwa Marie, die sich dazu angeboten hat. Nein, ich ganz allein hole meine Katrin mit ihrem Kätzchen und dem Luftballon ab. Mit dem grünen Wagen fahre ich bei Tante Pauline vor.

Du, die ganze Straße wird zusammenlaufen. Solch einen hübschen Wohnwagen kennen die gar nicht, nur diese modernen, die kein bißchen gemütlich sind. Das wird einen Spaß geben! Oh, Katrin, ich freue mich schon so sehr! Tante Pauline wird zwar brummen, weil sie nichts leiden mag, was mit Kirmessen zusammenhängt. Aber laß sie nur schelten, wenn es ihr Spaß macht. Wir fahren gleich los, wenn ich ankomme. Nicht einmal eine Tasse Kaffee werde ich bei der guten Pauline trinken, um keine Minute zu versäumen. Wird das schön, wenn wir erst wieder zusammen über die Landstraßen rollen! Ich könnte immerfort davon sprechen, so freue ich mich."

„Ich auch!" murmelte Katrin und sah verwirrt in Tante Paulines Gesicht. Sie sah sehr böse aus.

„Zehnmal läßt du mich schellen und öffnest nicht. Die Nachbarn mußte ich belästigen. Wenn ich nicht einen zweiten Wohnungsschlüssel hätte, stände ich noch draußen vor der Tür. Und die Nudeln sind nicht gekocht. He, was hat das zu bedeuten? Aha!" Sie gurgelte, als müsse sie ertrinken. Ihr Gesicht war krebsrot. „Der Vagabund war hier. Er hat dir den Luftballon geschenkt, und du hast mit ihm die Zeit vertrödelt." Sie entriß Katrin den Luftballon und preßte ihn mit den Händen wütend zusammen.

„Nicht! Bitte nicht!" schrie Katrin verzweifelt. „Er war nicht hier. Er stand auf der Straße und ist gleich weitergefahren. Er wollte mir nur sagen, daß es Großvater besser geht." Katrin schluchzte herzzerreißend. Angstvoll starrte sie den Luftballon an, der jeden Augenblick platzen konnte.

Plötzlich hörte Tante Pauline auf, ihn zusammenzupressen. Sie ließ ihn los, und er stieg unter die Decke. „Daß du mir ja nie diesen Strolch in die Woh-

nung läßt!“ sagte sie drohend und begann sich ums Essen zu kümmern.

Katrin suchte die Pantoffeln herbei. „Komm, Tantchen, schlüpf zuerst hinein“, sagte sie.

Da war Fräulein Michaelis‘ Wut endgültig verraucht. Diese Kleine, dachte sie, ich habe sie ganz gern. Von mir aus könnte sie immer bei mir bleiben. Es wäre meine Christenpflicht, ihr ein geordnetes Leben zu bieten und sie von dem Herumzigeunern zu erlösen. Aber sie sprach diesen Gedanken nicht aus. Katrin wunderte sich nur, daß sie von einer Minute zur anderen freundlich war.

Sobald es ihr möglich war, schlüpfte Katrin in den Flur und setzte sich auf die Fensterbank, um auf Peter zu warten.

„Hallo, Katrin, bist du schon lange hier?“ Peter trat aus der Tür in den Flur.

„Ein Weilchen schon“, antwortete sie.

„War das heute morgen dein Onkel Knorke? Der sieht aber aus — ich weiß nicht — wie ein Vagabund.“

„Laß ihn doch! Laß ihn doch!“ fauchte Katrin wütend. „Er ist aber gut, sehr gut, und das ist die Hauptsache, daß du es nur weißt.“

„Ich meine es ja gar nicht so. Tante Pauline hat ihn deswegen hinausgeworfen.“

Katrin riß die Augen weit auf. „Tante Pauline? Onkel Knorke hinausgeworfen? Das lügst du. Er hat doch auf der Straße auf mich gewartet.“

„Das war gestern abend. Ich habe durchs Schlüsselloch geguckt. Es war so laut auf dem Flur. Ich konnte nicht schlafen. Und du hast überhaupt nichts gehört?“

„Nein, wirklich nicht“, versicherte Katrin. „Ach, wäre ich doch nur wach geworden, dann hätte sie es sicher nicht getan.“

„Auch dann hätte sie es getan. Deshalb brauchst du nicht zu jammern.“

„Bald ist hier in der Nähe Kirmes, und sie werden alle da sein, unsere Freunde, er hat es mir erzählt. Oh, Peter, du mußt jeden Tag in der Zeitung nachsehen. Sie werden mir auch schreiben, wenn es soweit ist. Aber vielleicht vergessen sie es, oder die Post kommt nicht rechtzeitig an. Versprichst du mir, daß du jeden und jeden Tag nachschaust?“

„Klar, ich verspreche es dir“, sagte Peter. „Aber ich muß jetzt gehen. Mein Freund Rudolf wartet auf mich. Wir bringen seinem Wunderesel ein neues Kunststück bei. Rudolf hat mir versprochen, daß er mit mir zum Zirkus geht, wenn wir erst aus der Schule sind. Dann nimmt er seinen Esel mit, damit wir etwas vorführen können. Jeder Zirkusdirektor wird uns nehmen, wenn er die Kunststücke sieht, meinst du nicht auch?“

„Ich glaub's“, versicherte Katrin, und Peter sprang davon.

Jeden Morgen wartete Katrin auf ihn im Hausflur, um mit ihm in die Schule zu gehen, und jeden

Morgen fragte sie: „Hast du gestern in der Zeitung nachgesehen?“

„Ja, Katrin, aber von einer Kirmes habe ich keine Anzeige gefunden.“

So waren zehn Tage nach Onkel Knorkes Besuch verstrichen, als Katrin am Morgen im Hausflur wieder fragte: „Hast du in der Zeitung nachgesehen, Peter?“

„Ja, Katrin, Samstag beginnt hier auf dem Kirmesplatz eine große Sache mit Karussells und Schießbuden und so. Was sagst du nun?“

„Wir müssen hin! Oh, Peter, du kommst doch mit? Ich werde Tante Pauline nicht um Erlaubnis fragen, sie gibt sie mir nicht. Aber ich muß hin, sonst sterbe ich vor Heimweh.“

„Klar, ich mache mit. Und du meinst, sie werden mir Freilose geben und mich umsonst fahren lassen, weil ich doch immer auf dich aufpasse und dir helfe?“

„Ganz sicher, Peter, du wirst sehen, sie tun es. Sie haben mich dort alle gern.“ In den nächsten Tagen fieberte Katrin dem Samstag entgegen. Als sie am Samstagmittag heimkam, aß sie mit Tante Pauline Erbsensuppe. Dann legte die Tante sich zum Mittagsschlaf hin, und zwar auf das Sofa in der Küche.

„Willst du nicht lieber ins Bett gehen?“ fragte Katrin drängend. „Du wirst dort besser schlafen. Das Tellerklappern wird dich stören.“

„Laß das nur meine Sorge sein“, antwortete die Tante unfreundlich und schloß die Augen. Kleinlaut ließ Katrin Wasser in die Schüssel laufen und wusch ab. Sie vermied es, mit dem Geschirr zu klappern. Alle Augenblicke horchte sie, ob Tante Pauline nicht schlief. Und wirklich, auf einmal hörte sie ein sanftes „Pfff, pfff“ aus ihrem Munde. Katrin ließ alles liegen und stehen, band die Schürze ab und öffnete leise die Tür und verschwand. Sie schellte bei Peter an.

„Wir können gehen“, sagte sie aufgeregt.

„Ich sage Mutti nur mal eben Bescheid“, antwortete Peter. Dann erschien er wieder und zeigte stolz ein Markstück.

Katrin trug das Geld von August Masarek in ihrer Kleidertasche. „Wollen wir mit dem Bus fahren?“ fragte sie. „Dann sind wir eher da.“

„Aber zurück laufen wir zu Fuß“, bestimmte Peter.

Im Bus war ein großes Gedränge. Viele Leute fuhren zur Kirmes. Katrin und Peter konnten sich nicht unterhalten, weil ein Mann und eine Frau sich zwischen sie gedrängt hatten.

„Ich bin ganz aufgeregt“, stammelte Katrin, als sie ausgestiegen waren.

„Halt dich dicht neben mir“, riet Peter, als er das Gedränge auf dem Kirmesplatz sah. „Dort ist eine Schießbude, Katrin! Laß uns zuerst dorthin gehen!“

Sie zwängten sich durch die Menschenmenge. Katrins Herz klopfte bis zum Hals hinauf. Dann stand sie tief atmend vor der Schießbude. „Marie!“ rief sie. „Marie!“

Die Frau in der Bude wandte sich um. Es war nicht Marie.

„Oh, Sie sind gar nicht Marie“, stammelte Katrin. „Gibt es hier noch mehr Schießbuden?“

„Ich glaub‘ schon“, antwortete die Frau unfreundlich.

Peter und Katrin bahnten sich einen Weg durch das Gedränge. Weder an der Schiffschaukel noch am Kinderkarussell entdeckte Katrin die Gesichter ihrer Freunde. „Ich glaube nicht, daß hier jemand von unseren Freunden ist“, sagte Katrin tonlos. Sie hatte so großes Heimweh nach ihnen gehabt, und nun war sie enttäuscht und mußte mit Gewalt die Tränen zurückdrängen.

„Ich gebe es noch nicht auf“, sagte Peter. „Die Kirmes ist so groß, und wir haben erst einen Teil gesehen.“

Aber wir sind nie auf solch großen Plätzen, wollte Katrin einwenden. Doch sie brachte keinen Ton heraus, sonst wären ihre Tränen geflossen. Stumm vor Trauer folgte sie Peter, bis er endlich müde und verdrossen sagte: „Jetzt hat es doch keinen Zweck gehabt. Wir suchen nicht mehr weiter. Ich werde auf dem Kettenkarussell fahren, das mag ich am liebsten. Willst du auch?“

Katrin nickte und folgte ihm. Ihr war es ganz gleich, ob sie Karussell fuhr oder nicht. Sie setzten sich jeder in einen Sitz, legten die Ketten vor und flogen durch die Luft. Je höher sie schwangen, desto mehr wich Katrins Trauer. Ach, war das herrlich! Sie fühlte sich ganz schwindelig. Als das Karussell hielt, seufzte sie: „Oh, wie schade!“

„Wollen wir sitzen bleiben?“ fragte Peter. „Schnell, entschließe dich.“

Der Kassierer kam, und sie bezahlten. Dann begann die Fahrt aufs neue. Später schlenderten sie an vielen Buden vorbei, kauften Mohrenköpfe und gefüllte Waffeln und drehten das Glücksrad. Peter gewann einen kleinen Affen aus Plüsch. Als sie kein Geld mehr besaßen, drängte Katrin heim.

„Wir müssen laufen, weil wir den Fahrschein nicht bezahlen können“, sagte sie. Und nun stellte sich auch die Angst vor Tante Pauline ein.

„Was sage ich bloß?“ jammerte Katrin unterwegs.

„Die Wahrheit! Mutti wird es ihr auch schon erzählt haben. Sie wird sie bestimmt gefragt haben, ob du mit mir fort bist. Ich habe Mutti nicht erzählt, daß du nicht um Erlaubnis gefragt hast.“

Katrin nickte. Sie würde nicht lügen. Tante Pauline mußte doch verstehen, daß man schrecklich großes Heimweh haben konnte. Kurze Strecken liefen die Kinder, um den Weg hinter sich zu bringen. Als sie endlich das Haus erreichten, faßte Katrin nach Peters Hand.

„He, zittere doch nicht so, sie wird dir schon nicht den Kopf abreißen!“ versuchte Peter Katrin Mut zu machen. „Mehr als schimpfen kann sie nicht.“

Tante Pauline öffnete die Tür, als Katrin schellte.

Sie blitzte das Kind zornig an und hob die Hand und gab ihr eine Ohrfeige. „Oh, du! Du Kirmesbalg! Du Zigeunerin!“ keuchte sie.

Katrin weinte still vor sich hin. Sie zog sich aus, um ins Bett zu gehen.

„Ja, geh nur, geh, daß du mir aus den Augen kommst!“ sagte Tante Pauline böse.

Katrin legte sich hin und preßte das Gesicht ins Kopfkissen, um ihr Schluchzen zu ersticken. Ich will heim, ich will zu Großvater! dachte sie. Marie soll kommen und mich holen! Trotz ihres Kummers schlief sie ein.

Der nächste Tag war ein Sonntag, und Tante Pauline brauchte keine Zeitungen auszutragen. Sie war freundlich zu Katrin und versuchte ihr zu erklären, daß es gefährlich für ein kleines Mädchen sei, ohne Erlaubnis und ohne Begleitung eine Kirmes zu besuchen.

„Aber ich hatte doch Peter!“ sagte Katrin. „Der paßt gut auf mich auf. Und beim nächsten Mal frage ich dich bestimmt, ob du es mir erlaubst. Kannst du nicht mitgehen?“

Tante Pauline wollte schon auffahren, als sie sich besann und antwortete: „Wir wollen sehen — vielleicht!“

## Besuch im Krankenhaus

Als Marie im Krankenhaus anrief, bekam sie die Auskunft, mit Großvater Michaelis gehe es seit ein paar Tagen wieder aufwärts, er habe die Krise endgültig überwunden. Marie fragte nach dem Datum, der Wende, und sie fiel auf den Tag, an dem Erich Knorke Katrin besucht hatte und das kleine Mädchen im Traum Großvaters Stimme aus dem Luftballon gehört hatte. Marie lief auf dem Kirmesplatz von einem zum anderen, um von der guten Nachricht zu erzählen. Alle freuten sich mit ihr und meinten, sie solle Katrin zum Großvater bringen, das sei die beste Medizin.

So kam es, daß Marie am nächsten Morgen den Frühzug nahm und zu Tante Pauline fuhr. Katrin war in der Schule, als Marie anschellte. Fräulein Michaelis öffnete und musterte Marie erstaunt.

„Guten Morgen, Fräulein Michaelis, ich habe gute Nachricht für Sie und Katrin. Mit Ihrem Bruder geht es aufwärts. Es ist jetzt endlich nach vielen Wochen eine Besserung eingetreten."

„Bitte, kommen Sie herein. Ich bin auch gerade erst vom Zeitungenaustragen zurückgekommen. Der Kaffee steht schon bereit."

Marie folgte der Frau in die Küche.

„Sehen Sie nur, wie gut das Kind für mich sorgt", sagte Fräulein Michaelis. „Den Kaffee kocht es und setzt ihn unter eine Haube, stellt den Stuhl bereit und meine Pantoffeln davor.“ Sie sah Marie ganz stolz an.

„Ja, Ihr Bruder hat Katrin gut erzogen. Sie ist lieb und aufgeweckt und wird mal ein tüchtiges Mädel.“

Tante Pauline schenkte Kaffee ein und stellte frische Semmeln dazu. Marie hatte noch nichts im Magen und schlürfte die braune Flüssigkeit behaglich.

„Ich bin gekommen, um Katrin zu holen“, sagte sie nach einer Weile. Als sie sah, wie Tante Pauline erblaßte, fügte sie hinzu: „Nur für einen kurzen Besuch bei ihrem Großvater. Alle unsere Freunde meinen, das sei für ihn jetzt die beste Medizin, weil er die Kleine so liebt und sie sehr an ihr hängt, verstehen Sie?“

„Ich — ich fahre mit“, stammelte Fräulein Michaelis und warf vor Aufregung ihre Kaffeetasse um. Sie starrte auf die Lache und sprang auf.

„Wirklich?“ fragte Marie erfreut. Sie erhob sich, um zu Katrins Lehrerin zu gehen und für das Kind Urlaub zu erbitten. Es war ein großes Schulgebäude, und Marie mußte zweimal fragen, ehe sie Katrins Klasse fand. Sie klopfte, und Fräulein Neuhaus selbst öffnete ihr.

„Marie!“ Katrin schrie es, sprang auf und lief zu ihr hin. Beide Arme schlang sie um Maries Leib und drückte ihr Gesicht an sie.

„Meine Kleine!“ sagte Marie und strich ihr übers Haar. „Sie müssen schon entschuldigen, sie freut sich so sehr." Marie hatte sich an Fräulein Neuhaus gewandt. „Dem Großvater geht es endlich besser, und er will seine Enkelin sehen."

„Oh, Marie, dann werde ich ja bald wieder im grünen Wagen wohnen! Oh, Marie, ich freue mich, ich freue mich!" Katrin sah strahlend zu ihr und der Lehrerin auf.

„Darf ich das Kind sofort mitnehmen?" fragte Marie. „Und für morgen müßten wir einmal Urlaub haben."

„Aber selbstverständlich! Katrin, pack deine Bücher ein und lauf mit!" Fräulein Neuhaus freute sich herzlich mit.

„Was hat Tante Pauline gesagt?" fragte Katrin draußen ängstlich. „War sie böse mit dir?"

„Ach wo, keine Spur, sie fährt sogar mit uns."

„Nein, das ist nicht wahr!" Fast hätte Katrin gesagt, sie solle nicht mitkommen. Aber rechtzeitig verschluckte sie die bösen Worte. Tante Pauline war doch Großvaters Schwester, und Katrin wußte, daß sie gar nicht so böse war, wenn sie auch gern polterte.

Das Aufstehen am Morgen, die Fahrt mit dem Bus zum Bahnhof, das alles war sehr aufregend für Katrin. Es konnte ihr gar nicht schnell genug gehen. Als sie dann im Zug zwischen Marie und Tante Pauline saß, sah sie sehr klein und blaß aus. Sie hatte Marie so viel zu sagen, aber in Tante Paulines Gegenwart wollte sie es nicht. Es ging nicht, die Worte blieben ihr einfach im Halse stecken.

Auf dem Weg zum Krankenhaus klopfte Katrins Herz. Sie gingen durch lange Gänge, bis Marie endlich an eine Zimmertür klopfte und allein hineinging. „Bleibt einen Augenblick draußen, ich will ihn vorbereiten", flüsterte sie.

„Potztausend, Marie!" rief Großvater Michaelis. Er saß in seinem Bett, den Rücken durch Kissen gestützt. „Das ist eine Überraschung am frühen Morgen."

„Es kommt noch besser, Großvater Michaelis! Ich habe Besuch mitgebracht. Er muß draußen vor der Tür warten, weil ich dich zuerst begrüßen will." Marie nahm die abgemagerte Hand, die fast durchsichtig schien, vorsichtig in beide Hände und drückte sie herzlich.

„So sanft brauchst du mit mir nicht umzugehen", brummte Herr Michaelis. „Ich bin nicht von Pappe. Du wirst sehen, in vierzehn Tagen stehe ich wieder auf dem Kirmesplatz neben deiner Schießbude."

„Gott gebe es!" sagte Marie innig.

Vorsichtig wurde die Tür geöffnet, und ein Kopf schob sich durch den Spalt.

„Katrin!" schrie Großvater Michaelis auf. „Hoho, mein kleines Mädchen, komm nur her. Ich lebe noch, wie du siehst!" Hinter diesen Worten suchte er seine Rührung zu verbergen.

Katrin umklammerte jubelnd seinen Hals.

„Wann fahren wir wieder im grünen Wagen zur Kirmes?" fragte sie.

„Bald, mein Mädchen, bald! Ich werde mich mit dem Gesundwerden beeilen!"

Fräulein Michaelis hatte sich durch die Tür geschoben. „Guten Tag auch!" brummte sie.

„Grüß dich Gott, du alter Drachen!" Großvater Michaelis strahlte seine Schwester an. „Na, was sagst du zu diesem fixen kleinen Ding?" fragte er vergnügt.

„Du überläßt sie am besten mir, das sage ich dazu, und du — du bleibst auch über den Winter, damit du dich richtig auskurieren kannst!"

„Nein, nein", murmelte Katrin ängstlich und faßte nach des Großvaters Hand.

„Hoho, Pauline, du hast es ja gut vor mit uns. Ich danke dir für den guten Willen, aber ich glaube, ich erhole mich am besten in meinem grünen Wagen."

„Wir wollen es beschlafen", vermittelte Marie. „Du wirst sehen, Großvater Michaelis, wie schwach du bist, wenn du erst wieder auf deinen Beinen stehen mußt. In diesem Sommer wird es nichts mehr mit der Kirmes, es ist ja in ein paar Wochen vorbei."

„Oh, Marie!" seufzte Großvater Michaelis. Er wußte, daß sie nur zu recht hatte.

„Du bist doch kein kleines Kind!" polterte Pauline und sah ihren Bruder tadelnd an. Zum Glück kam eine Schwester herein.

„Na, Herr Michaelis, ich glaube, der Besuch strengt Sie sehr an." Sie wischte ihm den Schweiß von der Stirn, nahm die Kissen aus seinem Rücken fort und bettete ihn zurück. Jetzt merkte auch Großvater Michaelis, daß ihn das viele Sprechen sehr angestrengt hatte. Er schwieg und schloß die Augen. Die Schwester machte Marie ein Zeichen, und sie ging mit Pauline und Katrin hinaus.

„Wir wollen ein bißchen durch den Ort gehen und später noch mal nach ihm sehen!" schlug Marie vor.

Aber Katrin weigerte sich.

„Bitte, bitte, Marie, laß mich an seinem Bett sitzen. Ich spreche kein Wort und bewege mich noch nicht einmal. Ich will ihn nur anschauen. Dann bin ich gleich da, wenn er aufwacht."

Marie nickte, und Katrin schlüpfte strahlend ins Zimmer zurück und setzte sich auf einen Stuhl, der vor dem Bett stand. Immerfort mußte sie Großvaters Gesicht betrachten. Es war so schmal geworden und so blaß. Wenn wir erst wieder mit dem Wagen fahren, wird es wieder braun, dachte sie. Wir werden nicht bei Tante Pauline wohnen, ich will es nicht.

„Für den Großvater ist es besser", flüsterte eine Stimme in ihrem Herzen, „er war sehr krank und braucht Pflege."

„Dann aber im nächsten Sommer — im nächsten Sommer werden wir in unserem Wagen wohnen." Katrin hatte es laut gesagt. Der Großvater schlug die Augen auf und nickte. Katrin hatte es ganz deutlich gesehen, daß er genickt hatte. Jetzt hielt er die Augen wieder geschlossen.

# Wieder im grünen Wagen

Es war ein strahlender Sommertag, als Janos den grünen Wohnwagen an den Trecker hängte. Alle Freunde vom Kirmesplatz stiegen ein, sauber gewaschen und sonntäglich gekleidet. Die Frauen hielten kleine Blumensträuße in den Händen. Sie wollten den Großvater aus dem Krankenhaus abholen.

„Fahr zu, Janos!“ rief Marie aus dem Fenster, und ihre Augen blitzten vor Freude. „Fahr zu!“

Es gab einen Ruck, und der Trecker zog an. Viele Stunden rollte der Wohnwagen über die Landstraße, ehe er vor dem Krankenhaus hielt. Alle stiegen aus und blieben vor dem Eingang stehen. Nur Marie und Janos gingen hinein, um Großvater Michaelis abzuholen. Er ahnte nicht, daß sie mit dem Wohnwagen kamen. Sein Gang war noch müde, und er hatte die Farbe eines Kranken.

„Da seid ihr ja“, begrüßte er seine treuen Freunde. „Ich bin froh, daß ich hier heraus darf. Gesund werden kann ich erst draußen.“

Auf Marie und Janos gestützt, stieg er die Treppen hinab. Das Licht blendete ihn, als er durch die Pforte nach draußen trat. Und dann sah er sie, seine Freunde vom Kirmesplatz. Die Frauen schwenkten die Blumen, und sie alle riefen:

„Grüß dich, Michaelis, alter Junge! Wir freuen uns, daß du wieder da bist!“

Großvater Michaelis kniff die Augen zusammen, weil ihm die Tränen kamen. „Potz Blitz, das Sonnenlicht! Ich kann noch gar nicht richtig sehen“, murmelte er, weil ihm die Stimme nicht gehorchte. Jedem schüttelte er die Hand, als er sich endlich gefaßt hatte. Für jeden hatte er ein freundliches Wort.

Die Schwester und ein Arzt waren unter der Tür erschienen und starrten den Wohnwagen und die Menschen mit den braungebrannten Gesichtern an.

„Doktor“, scherzte die Schwester, „am besten behalten wir Großvater Michaelis hier. Die Leute sind imstande, ihn gleich auf den Kirmesplatz zu rollen und ihn hinter seinen Süßwarenstand zu stellen.“

„Nichts da!“ wehrte Herr Michaelis lachend ab. „Freiwillig komme ich nicht zurück! Los, Freunde, helft mir in meinen Wagen!“

Janos und Herr Masarek stützten ihn die Treppe hinauf. Sie betteten ihn aufs Sofa. Dann erst durften die anderen hinein. Herr Michaelis reckte sich wohlig und schaute von einem zum anderen. Alle die vertrauten Gesichter waren ihm nahe wie nie. Scherze flogen hin und her.

„Wohin bringt ihr mich eigentlich?“ fragte Herr Michaelis später.

„Zu dem alten Drachen — zu deiner Schwester Pauline!“ lachte Marie. „Du brauchst nämlich eine stramme Hand, damit du jetzt keine Dummheiten machst und wir dich nicht wieder ins Krankenhaus bringen müssen.“

„Das ist Vergewaltigung!“ jammerte Großvater Michaelis. „Ich will in meinem Wagen wohnen und mich selbst gesundpflegen.“

„Das kannst du immer noch, wenn du dich stark genug fühlst“, sagte Marie ernst. „Für Katrin ist es auch besser so. Sie bleibt dann gleich in der Schule, die sie die letzten Wochen besucht hat. Sie hat eine reizende Lehrerin, die sehr gut zu ihr ist. Und du kannst doch nicht behaupten, daß Pauline schlecht für sie sorgt, wenn sie auch das Brummen nicht lassen kann.“

Großvater Michaelis schloß die Augen und dachte nach. Ja, es war gewiß am besten so. Marie hatte recht.

„Wohin bringt ihr meinen Wagen?“ fragte er Janos nach einer Weile.

„Den stellen wir auf dem Distelacker ab“, antwortete Janos. „Du zahlst einmal die Pacht dafür, und dann ist er dort am besten aufgehoben. Ich werde ihn gut verschließen und absichern. Darum brauchst du dir keine Sorgen zu machen.“

„Ja, es ist gut so“, sagte Großvater Michaelis und schloß wieder die Augen. Das Gespräch der Freunde hörte er bald wie aus weiter Ferne. Dann schlief er.

Erst als der Wagen hielt, wachte er auf. Verwirrt öffnete er die Augen. „Habe ich so lange geschlafen?“ fragte er.

Janos sprang von seinem Trecker und fuhr die kleine Treppe aus. Marie schellte an der Haustür und lief leichtfüßig die vielen Stufen empor. „Wir sind da!“ rief sie atemlos, als Tante Pauline öffnete.

„Marie! Marie!“ Katrin stürzte aus der Wohnung und eilte die Treppen hinunter. „Oh, Marie! Der Großvater ist da!“

In der Haustür hielt Katrin verdutzt inne. Sie wußte nicht, ob sie wachte oder träumte: Da stand ja der grüne Wohnwagen! Und dann sah sie alle die bekannten Gesichter. Sie flog auf sie zu und schüttelte die Hände, die sich ihr entgegenstreckten. Erich Knorke begrüßte sie als letzter. „Und hier habe ich dir meinen schönsten Luftballon mitgebracht!“ sagte er und gab Katrin einen großen roten Ballon.

„Jetzt kann Großvater mir wieder Geschichten erzählen“, strahlte sie und kletterte in den Wagen.

„Guten Tag, mein Kind, da bin ich wieder, und nun bleiben wir zusammen.“

„Für immer und ewig“, sagte Katrin feierlich. Dann kamen Janos und Onkel Masarek und halfen Großvater heraus.

Tante Pauline setzte in aller Eile den Wasserkessel auf die Flamme und gab Kaffee in die Mühle.

„Mit dieser kleinen Kanne kommen wir nicht aus“, lachte Marie. „Wir haben alle Freunde von Großvater und Katrin mitgebracht.“

„Nicht möglich!“ schrie Fräulein Michaelis entsetzt. „Was machen wir denn da?“

„Eine zweite Kanne dazunehmen!“ Aus Maries Augen blitzte der Schalk. In diesem Augenblick waren die Männer und Frauen mit Großvater Michaelis oben angelangt.

„Grüß dich Gott, liebe Schwester!“ sagte Großvater herzlich. Da umarmte Pauline ihn, und sie bestimmte, daß er gleich zu Bett gebracht würde. Er fühlte sich so schlapp, daß er nicht widersprach. Er war froh, als er ausgekleidet in einem richtigen weichen Bett lag. Katrin setzte sich neben ihn. Aus der Küche drang Stimmengewirr und das Klappern von Geschirr.

„Was hältst du denn da in der Hand?“ fragte der Großvater.

„Siehst du es nicht? Es ist der schönste Luftballon, den Onkel Knorke hatte. Wirst du mir . . . ?“ Katrin verstummte. Sie sah ja, wie müde Großvater war.

„Ja, mein Kind, ich werde dir wieder Geschichten erzählen, jeden Tag eine andere, nur heute nicht, heute bin ich unendlich müde.“ Er schloß die Augen und schlief ein. Katrin nahm den Luftballon zwischen beide Hände und sah hinein. „Jeden Tag eine Geschichte! Jeden Tag eine Geschichte!“ schien er zu sagen, und Katrin nickte glücklich.

E n d e